JN100474

貴族家三男の成り上がりライフ

生まれてすぐに人外認定された少年は異世界を満喫する

3

美原風香
Fuka Mihara

Illustration
はま
Hama

主な登場人物 3

ヴィエント
風を司る精霊。
こう見えても精霊界の最古参。
テッラ
土を司る精霊。
おじいさんと
呼ばれるのを嫌う。
アルライン
本作の主人公。
女神の加護を受け、チート持ちの
貴族家三男に転生した。
愛称はアル。

シルティスク
王国の第一王女で
アルの婚約者。
学園の生徒会長を務める。
ダーク
元闇ギルドの暗殺者。
改心しアルに仕える。
アリファーン
火を司る精霊。
アルのことが大好き。
リエル
アルの義姉。
活発で可愛らしいが、
ブラコンなのが玉に瑕。

第一話　後悔と始まり

「うっ……ここは……？」

「アルくん！」

額にひんやりとした物が載せられているのを感じながら、俺——アルラインはゆっくりと目を開けた。

どうやら皇城の部屋で寝ていたらしい。

目と鼻の先には愛《いと》しい婚約者——シルティスクの姿が。額に載せられているのは彼女の左手のようだ。

「シル」

「大丈夫？　どこか痛くない？　身体はおかしくない？」

矢継《やつ》ぎ早《ばや》に聞いてくるシルの様子に首を傾《かし》げる。そのまなじりにある光るものを見た瞬間、俺は思わず手を伸ばしていた。

「なんで泣いてるの？」

人差し指で涙を拭《ふ》き取ると、シルが顔を歪《ゆが》めた。

「だって、もう目を覚まさないかと思ったんだものっ……！」

俺は目を見開く。なぜそんなことを思うんだ。ただ寝ていただけじゃ……

「うっ！」

キーンという突然の耳鳴りに頭を抱える。同時に、全ての記憶がよみがえってきた。


ここはスフェルダム帝国。俺が生まれたリルベルト王国の隣に位置し、かつ敵国でもある。いや、敵国だった。

今はもう友人が皇帝になったから、今後は友好な関係を結べるはずだが。

俺がここに来たのは、前皇帝が王国を相手に起こそうとしていた戦争を阻止するべく、前皇帝を打倒しようと動いていたレジスタンスに手を貸すためだった。

俺は自分が副会長を務める王立魔法学園の生徒会のみんなとともに留学の名目でこの地を訪れ、反乱を起こすレジスタンスの旗頭、ディアダール・ウォー・スフェルダムに協力して彼を皇帝にした。

そこまではよかったのだ。

ここに来た目的はレジスタンスの手助けをして、前皇帝を引きずり落とすことだったのだから。

だが、予想外のことが二つ起きた。

一つ目は親友であり、今回の留学にも一緒に来ていたリョウが前皇帝の庶子《しょし》であったこと。

リョウは前皇帝が自分と自分の母親を捨てたと思い込み、その恨みから、反乱が成功した直後、前皇帝を殺してしまった。すでに反乱が成功し、皇帝でなくなった者であったとしても、他国の皇族を殺した罪は重い。リョウはこの国で処罰を受けることになり、俺たちと一緒にリルベルト王国に戻れなくなってしまった。

俺にできることは何もない。

リョウにも情状酌量《じょうじょうしゃくりょう》の余地があることは、ディアダールもわかっているだろう。死罪は逃れられるだろうが、どうなることか……

二つ目は、外神《がいしん》の存在。

反乱が勝利で幕を閉じ、ディアダールが即位した直後、外神は俺の前に現れた。

転生したばかりの頃に俺を特訓してくれた精霊神《せいれいしん》ムママトにも警告されたが、あの何もない空間で戦った時に感じたあいつの力は凄《すさ》まじかった。魔法も、スキルも剥奪《はくだつ》された空間。奴の独壇場。奴のために作られた舞台。

俺は何もできなかった。契約精霊であるルミエとマレフィが奴に奪われたと知っても、何も……

そこで記憶が途切れている。

「アルくん？」

心配そうに覗き込んでくるシルをよそに、俺は思わず顔を覆《おお》った。

「ルミエ、マレフィ……」

何度心の中で呼びかけても反応はない。契約しているのだから通じなければおかしいのに、いつまでも彼女らの声は聞こえない。

「俺はどうしたら……」

思わず漏れる声。俺は素が出てしまったことにも気付かず、ただうなだれる。すると、俺をじっと見つめていたシルがすくっと立ち上がった。

「シル？」

どうしたのだろうか？

首を傾げていると、シルは俺の目をまっすぐ見て口を開いた。

「アルライン・フィル・マーク！」

「は、はい！」

鋭い口調で唐突にフルネームを呼ばれて思わず体を起こす。

「いつまで落ち込んでいるつもりですか？」

「っ!?」

普段の優しいシルとは似ても似つかない厳しい口調、鋭く細められた目。小柄な体から発せられる威圧感に俺は息を呑《の》んだ。

「何があったのかは知りませんが、倒れたあなたを心配していた私のことは、私たちのことは何も考えてくれないのですか？」

「ご、ごめん……」

気圧《けお》されて謝ると、シルが俺を思いっきり睨《にら》む。

「ごめんで済むなら騎士団なんていりません」

「じゃ、じゃあどうしろと……」

なんかキャラ変わってない？　俺が倒れている間に何があったんだ……？

戸惑《とまど》っていると、シルの目に涙が浮かぶ。

「えっ、ちょっ、シル⁉」

俺が慌てるのをよそに、シルは嗚咽《おえつ》とともに言葉を吐き出す。

「気が付いたら皇城の屋根で高熱出して倒れていて！　三日間も意識戻らないし！　本当に死んでしまうかと思ったんだから！」

「ま、待って、三日⁉　僕そんなに倒れていたの⁉」

「そうよ！」

呆然《ぼうぜん》とする。ショックで倒れたのだろうが、まさかそこまでとは……ってそういえば。

「僕が倒れているところ、よくわかったね？」

皇城の屋根の上なんて普通予測できないはずだ。しかも皇城の高さ的に普通の索敵《さくてき》魔法は届かない。

俺の問いを受けて、少し落ち着いたシルはさっきまで座っていた椅子に座り直すと頷く。

「どこからか声が聞こえてきたの」

「声？」

「えぇ、『彼が危ない』って。『空に近いところにいる』って」

俺はまじまじと彼女を見つめてしまう。

「信じられないかもしれないけど、彼女の声のおかげであなたを見つけられたのよ」

シルがそう言うなら本当なのだろう。ここは魔法の存在する異世界。見えざる者の声が聞こえてきても不思議じゃない。そこで、あることに気付く。

「彼女？　女性だったの？」

「えぇ、消えそうな小さな声だったけど、女性の声だったわ。『彼を頼むわ』って言ってから聞こえなくなってしまったけれど……」

わざわざ俺を助けてくれる女性の声、か……

心当たりがないわけじゃない。精霊や神様ならそんな方法をとる可能性もある。

だが、今の情報だけでは誰かまではわからないな。

「それとね、アルくん」

頭を悩ませていると、シルはさらに言葉を継ぐ。

「どうしたの？」

躊躇《ためら》うようなシルの様子を見て首を傾げる。シルは一瞬の後、ゆっくりと口を開いた。

「私……光属性の魔法が使えなくなったみたいなの」

「っ!?　どういうこと!?」

思わず叫ぶ。

魔法が使えなくなった？　しかも、シルの適性属性であった光属性が？

そんな現象は聞いたこともない……

シルは泣きそうな表情を浮かべている。

「私にもどういうことかわからないの……その女性の言葉が聞こえた直後、自分の中から何かが消えたような気はしたのだけど、それだけ。アルくんを見つけて治癒魔法を使おうとしたらその時にはすでに使えなかったわ。魔力は感じ取れるのだけど、何かが足りないの……」

呆然とする。魔力があるにもかかわらず魔法が使えないだなんて、そんなことがありえるのだろうか。

しかもシルの実力は並外れている。学園での成績は俺の次。今まで使えていた魔法が使えなくなる可能性はゼロに等しい。それなのに、なぜ。

「風属性は使えるんだよね？」

「ええ。風の魔法は今まで通り使えるわ」

シルの瞳が不安で揺れる。

光属性だけ、か……

意味のわからない現象に頭が混乱する。

どうすればいい？

どうすれば元のように魔法が使えるようになる？

どうすれば、シルの瞳から不安を拭い去れるんだ？

頭の中で疑問がぐるぐると回り続ける。

答えの出ない疑問に苛立《いらだ》ちが募る。

今すぐシルの不安を消してあげたいのに。それができない自分の無力さが歯がゆい。

「シル」

俺はそっと彼女の両手を握った。

それだけしかできないから。

俺を映すラベンダー色の瞳は今にも泣き出しそうだ。

「アルくん……？」

「僕が絶対解決方法を探し出す。だから、そんなに心配しないで。絶対にもう一度、使えるようになるから」

まっすぐに見つめて言う。

この狂おしいほどの想いが伝わることを願って。

「うん……」

シルは俺の言葉に泣きそうな顔のまま頷いた。

彼女が悩んでいる様子なんて見たくない。

気が付けば俺はシルを抱きしめていた。

「アルくん……？」

「……僕のこと、信じられない？」

「そんなわけっ……」

俺の言葉を聞いて、思わずといったようにシルが声を上げた。信頼されている事実にほっとする。

「ただ……どうしても、考えずにはいられないの。このままだったらどうしようって」

シルが俺にギュッと抱きついてくる。その華奢《きゃしゃ》な体は微《かす》かに震えていた。

彼女を安心させたい。

「ねえ、シル」

「なに……？」

「僕、君に隠していたことがあるんだ」

俺の言葉にシルがびくっと体をこわばらせる。

――隠し続けるのは限界のようだった。

「安心させたい」という思いとともに無意識に零《こぼ》れた言葉で自覚する。

本当はずっと隠すつもりだった。前世の記憶を持っていて、その前世はここととは違う世界で、神様から加護をもらっただなんて誰にも信じてもらえないだろうから。

でも、今自分の秘密を話すことでシルの不安な気持ちを少しでも消せるなら。彼女が少しでも希望を持てるなら。俺の秘密を話すことくらいなんてことない。

そう思っていると、シルがそっと俺から離れた。

「それは……アルくんが俺って言うことと関係ある？」

「えっ……？」

俺の目をまっすぐ見た彼女は、言葉とは裏腹にほとんど確信しているようだった。

戸惑っている俺を見てシルが苦笑する。

「さっき、俺って言ってたわ。それに、それだけじゃないの」

シルによれば他にもあるという。

「前から、アルくんはどこか違った。規格外の力もそうだし、何より、出会った時から子供っぽくなかった」

「……」

シルの言葉に俺は何も言えない。自分が普通の子供じゃなかった自覚はある。

ステータスこそ偽《いつわ》っていたものの、それでも王都動乱の時や今回の帝国反乱で手を抜くことはしなかった。

神の代行者と言ってしまっているし、俺があまりに大きすぎる力を持っていることは否定のできない事実。この体に引っ張られて子供っぽい言動をしてしまうこともあったが、前世で生きてきた時間を含めれば十分大人なのだ。当たり前だが、子供らしいわけがない。

シルが微かに笑みを浮かべる。

「神様の代行者って聞いて納得したけれど、それだってアルくんが隠していることの一部でしかないでしょう？」

「それは……」

「アルくんはいつも一人で問題を解決しようとする。すごく頼もしいけど、寂しいの。私はそんなに頼りないかな？」

「そんなこと……」

言葉に詰まる。

俺にとってシルは「守る対象」だった。それは確かに彼女のことを「頼りない」と思っていたことにならないだろうか。

シルが寂しげに微笑む。

「そうよね、アルくんにとって私は守るべき存在。実際に私はアルくんに比べるとかなり弱いものね……でもね。私だって寄り添うことは、支えることはできるわ」

力強いラベンダーの瞳が俺を捕まえて離さない。

「だから、もっと私を頼ってほしいの。今のままじゃ、傍《そば》にいるのに、近くにいるのに、遠く感じて寂しいわ」

はっとさせられる。

俺は知らず知らずのうちに、彼女を弱いと決めつけて、守らなければいけないと勝手に考えていた。でもそれ以上に、俺は自分で壁を作って俺が全部やらないと、って思い込んでいたのだ。

そんなことないのに。彼女はこんなにも強いのに。

「ごめん」

その言葉は自然と俺の口から滑《すべ》り出た。シルが微笑む。

「大丈夫。ただ、これからは隠し事はしないでほしいわ。私にも一緒に背負わせて」

「ありがとう」

自分が幼稚だったことに気付かされる。彼女は俺なんかよりずっと強くて、守られているばかりの存在なんかじゃなかったのだ。

思わず泣きそうになるのをこらえる。ここで泣いたらいよいよ男として、婚約者として立つ瀬がなくなる。ただでさえ情けない姿を見せてしまったのだ。これ以上、格好悪いところを見せるわけにはいかない。

俺は一つ深呼吸をして、シルを見た。

「僕の話、聞いてくれる?」

「もちろん！」

俺は全てを話した。

前世の記憶を持っていること。そこはこの世界と違う世界だったこと。創造神《そうぞうしん》セラフィに転生させてもらったこと。たくさんの神々から加護をもらっていること。それによって神子《みこ》という扱いを受けていること。外神の存在。契約している二人の精霊を奪われてしまったこと。

何もかも、全てを話した。話すことがありすぎて時間はかかったが、なんとか話し終わった時、シルは呆然とした表情を浮かべていた。

「……思った以上のことで、なんて言ったらいいかわからないわ」

「ごめん」

「謝ることじゃないのだけど。これは……」

口ごもっている。シルは俺が話したことをなんとか理解しようと、頭を必死に回転させているようだった。

しばらく沈黙が続いた。やがて、シルは顔を上げると意を決したように聞いてきた。

「アルくんは私のこと、好き？」

「っ!?　もちろん！　シルとずっと一緒にいたいなって思うよ」

まさかの質問に驚きながらも即答すると、シルはほっとしたように表情を和らげた。

「……それならいいわ」

「え？」

首を傾げる。何がいいのだろうか？

「あなたが前世の記憶を持っていようと、本当の年齢が違おうと、神子であろうと、私はアルくんのことが好きだから。アルくんが今ここにいてくれることが嬉しい」

「シル……」

声に詰まる。そこまで想っていてくれたことが嬉しくて、なんと言えばいいかわからない。

シルの手が俺の頬に触れた。

「アルくんはアルくんだから。この世でたった一人の愛しい人。そんなアルくんが私の傍にいてくれるなら、きっと私の魔法も元に戻るって信じられる」

――あぁ、好きだな。

明るい笑みを浮かべるシルを見て心の奥底から好きが溢《あふ》れ出す。

ずっと受け入れてもらえるか心配だった。なのに、こんなにも簡単に受け入れてくれて。しかも、俺がシルの魔法が戻ると安心させるために秘密を話したことに気付いて、こうやって信頼していると伝えてくれて。

もったいないくらい良い人に巡り合えたことを改めて実感するとともに、自分は一人じゃないんだ、という安心感に包み込まれる。

「ありがとう。僕も愛してるよ。これまでも、これからも、ずっと。だから……」

そっとシルを抱きしめる。


——俺とともに生きて。


シルが俺の体をぎゅっと抱きしめ返してくれる。

心配することはたくさんある。

それでも、シルと一緒なら乗り越えられる。そう思った。

†

「アルラインくん、起き上がって大丈夫？　まだ休んでいた方が……」

翌日。意識を失っている時間を含めると数日ぶりに部屋から出た俺は、足早に庭園に向かう途中でミリアに会った。ミリアは生徒会書記であり、この世界で初めてできた友達のうちの一人である。もう一人は言わずともわかるだろう、リョウだ。

昨日、あのままシルと話していると、シルが下りてこないことを心配したミリアが部屋に来て、またちょっとした騒ぎに。そのままもう一人の生徒会メンバーのフレグ——フレグラント・フィル・レバーテールによって隅々《すみずみ》まで診察された。

魔法で体に異常がないことは確認済みだったが、それでも念のためと言って聞かなかったのだ。

その後もベッドから出してもらえず、俺はまだ彼女の安否を確かめられていなかった。

だから、今日こそはと朝早く起きて静かに部屋を出たのだが、どうやらミリアの方が早く起きていたらしい。

「大丈夫だよ。もうたくさん休んだからね。むしろ休みすぎちゃったくらい」

「でも、アルラインくんはいつも頑張ってるよ。ちょっとくらい休んだって……」

「これ以上休んでるわけにはいかないよ。早く解決しないといけないこともあるからね」

俺の言葉にミリアが諦《あきら》めたようにため息を吐く。

「そっか……無理だけはしないでね」

「もちろん。ありがとう、ミリア」

心配させるとわかっている。それでも、これから起こることを考えればすぐに動かないといけない。

精霊の力――ルミエとマレフィの力を手に入れた外神が、これからどのように行動するかはわからない。それでも。

『またすぐ会えるだろう。その時まで死なないことを祈っているよ』

外神のあの言葉は俺に対する宣戦布告だろう。

これから自分がすることに俺が耐えられるか、という。

世界には大きな混乱が起こるはずだ。外神が直接動かなくても関係ない。光と闇の精霊が外神に捕らえられた以上、世界に大きな変化が起きるのは当たり前のことだった。

今だって心なしか空が暗い気がする。光の上級精霊であるルミエがいなくなったからだろうか。

もし、そうであるならば、闇の上級精霊であるマレフィもいなくなったこの世界は光と闇、どちらからも見放されたことになるのかもしれない。

嫌な予感が胸をざわつかせる。だからこそ、早く彼女の無事を確かめなければ。

だが。

「これは……」

目的の庭園に着いた途端、俺は考えていたことをすっかり忘れて目の前の光景に目を奪われた。

以前は枯《か》れていた噴水にはなみなみと水が湛《たた》えられている。陽の光に照らされて水のカーテンには虹がかかっていた。

加えて、植物たちも元気になっていた。葉は瑞々《みずみず》しく潤《うるお》い、あちらこちらで色とりどりの花が咲いている。

彼女に会うために右目に宿った魔力を見る瞳——魔眼《まがん》を開眼させていたが、視界のあちこちに水色の光が煌《きら》めき、水の精霊たちが遊んでいる様子が見えた。

唐突に別世界に入った感覚に思わず立ち尽くす。

『アル、いらっしゃい』

声をかけられて振り返ると、木の上で微笑む神秘的な存在が。

『アクア！』

俺が会いたかった相手――水の上級精霊アクア。数日前まで外神に力を奪われていた彼女の元気そうな姿にほっとして、力が抜ける。

張りつめていた緊張が解け、俺は息を吐いた。

『久しぶり。待っていたわ』

『僕に用事が……？』

何かあったのだろうか？

だが、アクアは首を横に振る。

『用事というか、あなたにこの景色を見せたかったの』

なるほど。アクアの言葉に俺は笑みを浮かべた。

『確かにすごく綺麗《きれい》になっていてびっくりしたよ。良いところだね』

『ありがとう。全部あなたのおかげだけどね』

『僕のおかげ？』

首を傾げる。こんな力、俺に覚えはないが……

『あなたが魔力を分けてくれたおかげで、この庭園をここまで回復させられたのよ。それに、私が力を失ったことで発生していた水不足も、大きな問題になる前に解決できたし』

『そういうことか』

以前この庭園に来た時に、俺はアクアに水の魔力を分けた。

その力が役に立ったらしい。

『水が戻ったことで下級や中級の精霊たちも帰ってきてくれたし。まだ私自身の力は戻ってきてないけれど、この子たちさえいれば水がなくなることはないはずよ。本当にありがとう』

『助けになれたようで良かったよ。君が力を失って困るのは僕たち人間もだからね』

水は生活に欠かせない。アクアが力を失ったままだったら、やがて水不足に悩まされるようになっていたはずだ。実際帝国の一部ではすでにそうなっている地域があったようだし。

だから、今回はアクアのためだけではなく人間のためでもあったのだ。

『ふふっ、相変わらず謙虚《けんきょ》なのね』

『そういうつもりじゃ……』

上品に笑う彼女にむず痒《がゆ》い気持ちになる。

水の精霊たちと戯《たわむ》れているアクアは以前の消えそうだった様子が嘘みたいに、眩《まぶ》しく輝いていた。

『それに、もう一つお礼を言わないといけないことがあるの』

『もう一つ？』

他にも何かしただろうか？

『祝福のことよ。あなたがこの帝国に祝福を与えてくれたおかげで復興は早く進むはずよ。皇帝も変わったことだし、数年後には元の美しい帝国に戻るはず。この帝国の守護者としてとても感謝してるわ』

ムママトによると、祝福とは成長を促したり、幸せを呼んだりするものらしい。俺は彼女に言われて、その力を帝国に使ったのだ。

『そ、そんな頭下げたりなんてしないで！　僕は僕がすべきことをやっただけだから！　それにムママトにも頼まれたし……』

『精霊神様が？』

アクアがすっと目を細めた。

『そうだけど、どうかしたの？』

『あなたが加護を持っているとしても、神様はそう簡単に人の子の前に現れないわ』

『そう、なの……？　その割には小さい時はひっきりなしに俺の前に現れてたけど……？』

ステータス授与《じゅよ》の儀《ぎ》が行われるまで、俺のところには毎晩のように神様たちが訪れていたのに、本来はそう簡単には現れないなんて信じられない。

『人の子が幼い頃は魂がその体に定着していないの。だから神様たちの住まう空間に連れていきやすいのよ』

『じゃあ成長したら？』

『成長したら魂は体に定着してしまうから、神様でも自分の空間に連れていくのは難しいらしいわ。だから、加護を与えた人間の前にすら神様はめったに現れないはず』

そうなのか、全然知らなかった。

確かにあんなに会いに来ていた神様たちが唐突に会いに来なくなったのは変だと思っていたが、まさかそんな理由があったとは。

『それじゃあ、ムママトが僕に会いに来たのは……』

『精霊神様が無理をしてでもあなたに会わなければならない理由があったってことね……ねぇ、精霊神様は帝国のこと以外にもあなたに何か言わなかったかしら？』

確信したようなアクアの言葉に俺は頷く。ムママトが俺に告げたのは祝福のことと、もう一つ。

『外神のことも話していったよ』

『やっぱり』

きっとアクアは、ムママトが俺を通してアクアを見つけたことも、外神が目覚めたと知ったこともお見通しなのだろう。

『まずは君が無事でよかったと、そして外神が目覚めたことで人間界にも影響が出そうだと言っていたよ』

『精霊神様に伝えられたのね。よかった……』

隠すことでもないから教えると、アクアがほっとした表情を浮かべる。

ムママトはアクアの力が弱くなりすぎて見つけられなくなったと言っていた。アクアから他の精霊に連絡を取ることも難しかったのかもしれない。アクアは無事であると伝えることすらできない心苦しさを感じていたんじゃないだろうか。

『精霊神様が言うように外神が目覚めてしまった以上、これから人間界にも影響が出るでしょうね。今のところは落ち着いているようだけれど……』

不意にアクアが俺を見て首を傾げた。

『そういえば、アルはなぜ私に会いに来たの？　ルミエとマレフィの姿が見えないけれど……』

ドクンと心臓が大きく音を立てる。

『アル？』

顔を歪めた俺から何かを感じ取ったのか、アクアの表情が翳《かげ》る。彼女の視線に耐え切れず俺は目を逸《そ》らして告げた。

『二人は……外神に連れ去られた』

『っ!?』

アクアが息を呑んだ。俺は早口で続ける。

『僕は、君の安否を確かめるために会いに来たんだ。君だけでも無事でよかった……』

『私は大丈夫よ。それよりも、二人が外神に連れ去られただなんて……』

呆然とした呟き。

アクアの動揺を表すかのように噴水の水が大きく揺れる。心なしか植物たちも輝きを失った気がした。

『外神と何があったの？』

『わからない。気付いたら二人は外神に奪われていた。外神に会ったけど僕は何もできなかった……』

アクアの問いに俺は力なく首を振る。

『そうだったのね……確かに光と闇の精霊の力が弱まったのは感じていたけど、まさかそんなことになっているなんて思ってもみなかったわ』

『そう、なの？　光と闇の精霊の力が弱まったの？』

アクアの言葉を聞いて、俺は自然と顔が険《けわ》しくなるのがわかった。もうすでに人間界に影響が出ているのだろうか？

アクアが頷く。

『ええ。日は出ているのに空が少し暗く感じない？　それに夜は暗闇が薄れて濃い灰色の世界が広がるの。どちらもまだ普通の人の子では気付けないくらいではあるのだけど、二人が連れ去られたからだと考えれば納得ね』

来る時に空が少し暗いと感じたのは俺の気のせいではなかったらしい。夜は濃い灰色の世界……そんな世界は想像できないが、きっと味気ない、不気味な世界なのだろう。

改めて上級精霊の持つ力の大きさがわかり、ルミエとマレフィがいない世界に危機感を覚える。

『あの時、僕が外神を止められなかったせい、か……』

何もできなかった無力感が忘れられない。拳《こぶし》をぎゅっと握りしめると少し伸びていた爪《つめ》が手の平に食い込む感触がした。

すると、握りしめた拳をひんやりした何かが包んだ。

『アクア……？』

いつの間にか目の前にいたアクアが俺の両手を掴《つか》んでいた。

精霊と触れ合うのはこれが初めて。触れられている感触はないが、アクアが水の精霊だからだろうか、水に包まれているような、なんとも不思議な感覚がある。

『そんなに自分を責めないで。ルミエとマレフィだってあなたがこんな風に傷つくことは望んでいないと思うわ。外神は全ての理《ことわり》を無視した存在。人の子が勝てるわけがないの』

その言葉を聞いた瞬間、俺の中で何かが弾けた。

『そんなことってないよ』

『アル？』

あぁ、なんだろう。この、自分の存在価値がわからなくなるような感じ。

視界が揺れる。もう、アクアの表情なんて見えてはいなかった。

『僕は神子で』

――信じてくれる人たちを裏切るわけにはいかない。

『二人の契約者で！』

――みんなを守らないといけない。だから。

『誰かに敗れるなんてあっちゃいけない。誰よりも強くなきゃいけないいんだっ……！』

『ストップ！』

アクアの声にハッとする。今、俺は何を……？

『ご、ごめん、頭に血が上っていたみたい……』

俺の言葉にアクアは首を振ると、俺の両手をそっと開かせる。見れば少しだけ血がにじんでいた。

『癒《いや》して』

『っ……!?』

アクアの言葉を合図に俺の手が淡い水色の光に包まれる。気が付けば傷と血は綺麗さっぱり消えていた。

『あ、ありがとう……』

『これくらいお安い御用よ』

呟くように言うとアクアが優しく微笑む。

治癒魔法とも違う水を用いた癒しの力は涼《すず》やかで、興奮していた俺を冷静にした。

中身は子供じゃないのに、何をみっともないところを見せているのだろうか。しかも、俺と同じくらい動揺しているであろうアクアの前で。

途端に後悔が押し寄せてくる。そんな俺を見てアクアが口を開いた。

『ねぇ、アル』

『なに？』

『神様って万能だと思うかしら？』

『いいや』

唐突な問い。なぜ今そんなことを聞かれたのかわからなかったが、俺は即答する。アクアが驚いたような表情を浮かべた。

『なぜ万能じゃないと思うの？　だって神様よ？』

『そもそも万能だったら神様が複数いる必要がないし、前回の外神との戦いで苦戦を強《し》いられたり、今のように封印《ふういん》されたはずの外神が目を覚ますこともなかったはずだから』

神様は万能じゃない。確かに、司《つかさど》っているものに限定すれば全知全能なのかもしれない。

だが、それ以外のことには？

聞いたことがないからわからないが、きっと全然知らないんじゃないだろうか。

アクアが頷く。

『そう、その通りだわ。神様は万能ではない……もちろん私たち精霊もね。じゃあ、あなたに力をくれたのは？』

『神様だけど……あっ』

俺は思わず間抜けな声を漏らした。アクアが笑みを深める。

『気付いた？　いくらあなたが加護をもらった神子であろうと、力をくれた存在が万能じゃないのにあなたが万能であるはずがないのよ。そして神様でも封印が精いっぱいだった外神を倒すなんて、もっと無理なことだわ』

『でも、それじゃ……』

俺はどうしたらいいのだろうか。外神を倒せなければルミエもマレフィも戻ってこないというのに。

絶望しそうになる。でも、アクアは違った。

『一人で無理ならみんなで倒すしかないんじゃない？』

『え……？』

その時の俺の表情はきっと、今までで一番間の抜けたものだったと思う。

一人で無理なら、みんなで。

『あなたは一人じゃないでしょ？』

確信しているようなアクアの表情。昨日のシルの言葉を思い出す。

――私にも一緒に背負わせて。

確かに、俺は一人じゃなかった。

『そう、だね』

秘密を知っても俺のことを愛してくれるシルティスク。

危ないとわかっていながらも一緒に帝国に来てくれた生徒会のみんな。

俺の行動を呆れながらも受け入れてくれる家族。

そして、俺に加護を与えて見守ってくれている神様たち。

その他にも、俺の周りにはたくさんの人がいる。

アクアが微笑んだ。

『私たち精霊も忘れないでね。いつでもあなたの味方だから。あなたに助けが必要な時にはすぐに駆けつけるわ。私も外神を倒せるよう準備しておくし』

ずっと感じていたプレッシャーが嘘のように消えていく。気が付けば俺は笑みを浮かべていた。

『ありがとう、アクア。アクアのおかげで大切なことに気付けたよ』

『それなら良かった。助けてくれたお返しよ』

笑い合う。俺は久しぶりに心の底から笑った気がした。


アクアはこのまま帝国に残るらしい。だが、『助けが必要な時はいつでも呼んで』と言ってくれた。

「ふぅ……ひとまずアクアが無事でよかった。外神としては力さえ奪えればそれでよかったということかな……」

自分の部屋に戻りながら考える。

外神がアクアに手を出さなかったことを不思議に思っていたが、そう考えれば確かに辻褄《つじつま》が合う。

アクアの力はすでに外神に奪われているからだ。

「ということは、外神はなんらかの理由で精霊の力を集めている……？」

外神は理の外に存在しているという。もしかしたら奪った力を利用することができるのかもしれない。

「すぐにルミエとマレフィを取り返さないとまずいな……」

力を奪われたアクアは消滅しかけていたものの、庭園に姿をとどめていた。しかし、二人はその姿すらも見えない。どのような状況かわからないことが不安だった。

「どうするか……」

その時だった。

「アルライン卿《きょう》！　緊急事態だ！」

声がした方を向くと、廊下の先で、水色の髪の男が手を振っていた。

第二話　突然の手紙

「回復したばかりですまない、緊急事態が起きてね」

皇帝の執務室にて。さっき俺を呼んだ水色の髪の男――ディアダール・ウォー・スフェルダム皇帝陛下《へいか》と向き合っていた。

「構いませんが、陛下が直接私のところに来る必要はなかったのでは？」

「人を呼ぶのが面倒くさくてね」

あっけらかんと笑う陛下。俺と同い年の陛下は俺たちが帝国に来てから皇帝になった。まだ子供っぽさが抜けない部分もあるが、それでもレジスタンスを率いたこの国の英雄だ。

……こうやって全部自分でやろうとするところは第五皇子だった頃と変わらないが。

俺はため息を吐く。

「ベルベアやヴィルドはどうしたのですか」

「ベルベアには学園の方を任せている。子供の教育を遅らせるわけにはいかないからな。ヴィルドには復旧の指揮をとらせているから今頃城内を駆け回っているはずさ」

帝国学園の学園長と皇城の執事《しつじ》の名前を出すと、そんな答えが返ってくる。つまりはこき使われているということだろうか。

「他の侍女や侍従は？」

「罪人が多いからな。そいつらの対応をしている」

「あぁ、罪人でも身分が高いと蔑《ないがし》ろにできませんもんね……」

「その通りだ。全く、前皇帝側についていた貴族や私以外の皇族は、身分が高いが故《ゆえ》に罪を犯せば貴賓牢《きひんろう》に入れて世話をする者をつけるしかないというのに、叩けば埃《ほこり》がどんどん出てくるから困ったものだ」

陛下がはぁ、とため息を吐く。

反乱というものは成功した後の方が大変だ。混乱した国を治めないといけないし、放置されていた政務の全てを行わないといけない。加えて、今回のように罪人が多すぎる場合は、全て処刑することもできない。要職についていた人物を処刑してしまえば、国が回らなくなる可能性すらありえるからだ。だから、罪が軽い者はどうやって味方に引き込み、使える者にするかを考えるのも重要になってくる。

そんな事情を考えると、陛下が自分で俺を呼びに来たことも大目に見ないと、という気がしてくる。あまりにも大変すぎて空いている人間を見つける方が難しかったのだろう。

「はぁ……まあ、陛下のなんでも自分でしようとするところは美徳でもありますが、今後はやめてくださいよ」

皇帝に直接呼びに来させるなんて、誰かに見られたら俺にも陛下にも悪い噂《うわさ》が立ちかねない。

「もちろんだ」

笑みを見せる陛下に呆れるものの、これ以上言ってもしょうがないと俺は本題に入ることにした。

「それで、なぜ私を呼ばれたのですか？」

「ああ、忘れるところだった。まずはこれを読んでほしい」

その言葉とともに差し出されたものは……

「手紙、ですか？」

「そうだ。今朝届いた」

二通の手紙。リルベルト王家の剣をモチーフにした家紋《かもん》が押されているものと、微かに闇の魔力が漂《ただよ》う真っ白な手紙。

前者は国王陛下からで、後者は母上と義姉上《あねうえ》の護衛につけていた俺の部下、ダークからだろう。

これらが同時に来るとは。何かあったのだろうか？

恐る恐る受け取って、まずは国王陛下からの手紙を開く。最初に飛び込んできた文字に目を疑った。

「反乱……？」

リルベルト王国は平和で、反乱なんて起きる国ではない。

「まぁ、読んでみてくれ」

「わかりました」

陛下に促されて、俺はとりあえず手紙を読む。

襲撃。

反乱。

危機。

書かれている不穏なワードに眩暈《めまい》を催《もよお》しながらも読み終わると、今度はダークからの手紙を開く。

「っ……！」

読み進めているうちにだんだんと感覚のなくなる指先。二通の手紙の内容を照らし合わせると浮かび上がってくる王国の現状。

読み終わった時、俺の手は震えていた。

「陛下、申し訳ないのですが、私たちは帰らなきゃいけないようです」

「あぁ、そうだろうな。いつ発《た》つ？」

陛下はもう事情を把握しているらしい。

「今夜には」

「は!?　夜は危ないぞ!?」

陛下が驚いて大声を上げた。

確かに夜の移動は危ない。だが、それだけ急がなければいけない案件だった。できることなら今すぐ出たいくらいなのだ。一分たりとも無駄《むだ》にはできない。

「大丈夫です。策は考えています」

「それならいいが……不安だ。そなたが考えることは突拍子《とっぴょうし》もないからな」

陛下がため息を吐く。不本意ではあるけれど、そう思われても仕方ないことをしてきた自覚はあるため俺は黙るしかない。

そんな俺を陛下は複雑そうに見つめていたが、やがて考えることを放棄《ほうき》したかのように話を進めた。

「私のもとにも国王陛下から別で手紙が来た。大変なことになっているようだな」

「みたいですね。まさかの事態すぎるのでスタン陛下もかなり困っているらしいです」

手紙を握りしめる。

陛下の手紙には王国各地で反乱の兆《きざ》しが見えること、王都の服飾店にいた第一王子、シルヴェスタ殿下が襲われたことが書かれていた。

ダークの手紙は王子が襲われた際に義姉上が傍にいたことや、不穏な動きをしている貴族たち、そして、各地で起き始めている異常現象に言及していた。

二つを合わせれば王国に不穏な影があるのは明らか。

様々なことがこんなにも急に、しかも外神の存在が浮き彫りになり光と闇の上級精霊が力を奪われたのと同時期に起こるなんて。

果たしてこれは偶然だろうか？

「私宛の手紙には、もし何かあった場合は助力してほしいと書かれていた」

「スタン陛下も無理なことを言いますね」

スフェルダム帝国はようやく反乱が終結して、皇帝が代替わりしたばかり。ディアダール陛下は聡明だがまだ若い。神子である俺が大衆の前で彼を皇帝として認めたのだから誰も文句は言えないはずだが、それでもこの腐りきった帝国を立て直すには時間がかかるだろう。他国の反乱に首を突っ込んでいる暇《ひま》など……

「いや、これは友好関係を結んだ証明とも言えるだろう。我がスフェルダム帝国はリルベルト王国が危機に陥《おちい》ったら駆けつけると、陛下に伝えてくれたまえ」

目を見開く。

口約束であろうとも、彼なら確実に守るだろう。皇帝になるにあたって俺が後ろ盾となったことや、今回の革命の過程でシルたちをひどい目にあわせたことに借りがあると感じている彼なら、確実に。

「よろしいのですか？」

「ああ。私は恩を仇《あだ》で返すようなことはしないからな。まぁ、そなたがいれば王国に危機など起きないだろうとも思っているが」

陛下が笑みを見せる。それは俺を信頼しての笑みだった。

しかし、残念ながらその信頼には応えられそうにない。

「それはどうでしょう。今回に限っては私一人の力ではどうにもならないかもしれません」

「はっ⁉」

表情を暗くした俺の言葉を聞き、陛下は素っ頓狂《すっとんきょう》な声を上げる。

「そんなわけが……」

俺の力を知っている陛下からすれば、ありえないことだろう。

だが、アクアが言う通り、外神は俺だけの力ではどうにもできないのだ。

「この世の中には私の力を以《もっ》てしてもどうしようもないことがあるのですよ」

「……はぁ。頭が痛いな。私も腹をくくるしかないか」

「ええ、約束はしていただきましたからね」

「迂闊《うかつ》だったか」

眉間《みけん》に皺《しわ》を寄せる陛下。外神の存在がある以上、味方は多いに越したことはない。陛下には悪いが、これで心置きなく協力してもらえるな。

「なんだ、その笑みは」

「いえ、なんでもありません」

内心でにんまり笑っていたら、どうやら表情にも出てしまっていたらしい。慌てて笑みを引っ込める。

「はぁ、とりあえず今日の夜出発ということでこちらも準備しておこう。くれぐれも気を付けるんだぞ」

「ええ、ありがとうございます」

俺はさっと頭を下げると執務室を後にしたのだった。

†

夜。皇城の前にて。

アクアが言っていた通り、世界は闇が薄れ灰色になっていた。まだ俺だから知覚できるだけで普通の人にはわからないほどではあるが、それでも確実にマレフィが力を奪われたことを痛感させられてしまう。

その中で俺は、王国のメンバーが続々と集まってくる様を見守っていた。目の前にはすでに準備が整った生徒会のメンバーがいる。

「アルライン、言われた通り準備してきましたが、これはどういうことですか？」

「ええ、私も気になるわ。お父様から何かご連絡が？」

フレグとシルが口々に言う。

急な帰国、しかも、夜となれば何か緊急事態が起こったと考えるのは当たり前だった。

「詳しいことは話せないけど、王国で問題が起こったらしくてね。陛下から手紙が来たんだ。一刻も早く戻らないといけない。シルには陛下が詳しく説明してくれるはずだ」

「問題、ですか……」

「わかったわ。お父様に聞いてみる」

俺の言葉に二人が頷く。

「だからと言ってこんな夜に……」

黙って聞いていたミリアが不安そうな表情を浮かべる。

「アルライン卿、彼女の言う通りです。夜に出発するなんて、魔物に襲ってくれと言っているようなものでは？」

すぐ傍でこちらを見守っていた護衛隊長のガイズも険しい顔で言った。

護衛騎士は二十人。確かに夜道を歩くには人数が全然足りていない。だが、昼間に陛下に言った通り、俺には方法があった。それも、時間と危険を大幅に減らせる方法が。

「緊急事態ですから特別な方法を使います」

「『特別な方法？』」

「ええ。まあ心配はいりません。すぐに説明するので少し待ってください」

すんなりと頷いたガイズ隊長と未だに心配そうなミリア。対照的な二人の反応に苦笑しながら、俺は周りを見回した。

「そろそろかな」

全ての護衛や馬車が揃《そろ》い、夜でありながら辺りは彼らが持つランタンの明かりで明るくなっていた。

「こほん」

咳払いを一つするとその場が静まり返る。

俺は全員の顔を見てから口を開いた。

「急に集まってもらってすみません。国王陛下からすぐに帰ってくるよう連絡がありました」

俺の言葉に緊張が走る。

「一刻を争う事態です。この留学はここで終わりとし、このまま王国に帰ります」

「「「「っ……!?」」」」

皆一様に不安そうな表情を浮かべているけれど、シルとフレグだけは違った。

二人だけは呆れ顔で、これから俺が何をしようとしているか察している様子。良い友人を持ったものである。

「静かに」

一同が再び静かになる。

俺は笑みを浮かべ、そして……

「このまま〈転移《てんい》〉で王城に行こうと思います」

「「「「はっ⁉」」」」

みんなが絶句した。俺は言葉を継ぐ。

「ここにいる全員と、荷物と、馬車。全てをそっくりそのままリルベルト王国王城に移すので、皆さんが心配することはありません」

「「「「……」」」」

「転移って、あの、伝説の……？」

凍《こお》りついた空気の中、真っ先に声を上げたのはミリアだった。

「ああ。そういえば、ミリアには転移のことを話していなかったね」

シルは王都動乱の時に、フレグは先のシルとミリアの誘拐《ゆうかい》事件の時に転移を見ているから知っているが、どちらの時もミリアは見ていない。知らなくて当たり前だ。

俺の言葉にミリアは息を呑む。

「ほ、本当に、使えるの……？」

「もちろん。緊急事態以外では内緒にしているけどね」

「う、うん」

まだ理解が追いつかない様子のミリアを横目に、その場にいた護衛騎士たちに向かって告げる。

「皆さんも僕の力についてはくれぐれも他言しないようにお願いします。国王陛下からも、基本的に口外禁止と言われていますから」

「「「「はっ！」」」」

直立不動になる護衛騎士たち。まだ納得できていない表情の者もいるが、それでも言葉に出さずに返事をするあたり、さすが王国が誇る騎士である。

と、思ったのだが。

「護衛、必要なかったんじゃ……」

俺の言葉にガイズ隊長が落ち込んでいた。あ、あれ、そんな反応を見たかったわけでは……

「転移できるなんて反則では……」

「帝国に来る時に魔物も大量に倒してたよな？」

「強くて、魔法も得意で。神様って理不尽だな……」

隊長の言葉を皮切りに後ろにいる他の護衛騎士たちまで落ち込んだ様子で呟き始める。

なんでそうなる⁉

「緊急事態だから転移を使うだけなので、行きや滞在中は護衛騎士の皆さんがいてくださって助かりました」

「本当ですか⁉」

「え、ええ。そもそも一度行った場所と場所を繋《つな》ぐことしかできないので、一度は自分の足で帝国に来る必要がありましたし」

ま、まあ、精霊に感覚共有してもらえば行ったことがない場所にも行けるが、あれは命の危険があるからできるだけ使いたくないし。

「よかったです……私たちちゃんと役立ってたんですね……」

いらぬ言い訳を内心でしていると、安堵《あんど》のため息を漏らすガイズ隊長。後ろの護衛騎士たちも縋《すが》るような目でこちらを見ていた。

え、何これ？

「アルラインがそんな能力を持っているせいで、護衛騎士の皆さんが自信喪失《そうしつ》してますよ」

「これ僕のせい？」

「当たり前でしょう」

俺にだけ聞こえる声でフレグに淡々と言われて思わず落ち込む。俺は最善の行動をとっているだけなのに……

「アルラインくんってほんとに……なんというか、すごいね……」

「ミリアさん、アルくんのことはもう諦めるしかないわ」

「そうですね、シルティスクさん」

シルとミリアの会話が聞こえてくる。やめて、なんかダメージ大きいから！

「なるほど、転移で帰るとは考えたものだな」

「陛下」

後ろにいたディアダール陛下が感心と呆れが混ざったような声を発した。その声に、護衛騎士たちの間にピリッとした空気が走る。

いくら陛下に事情があったとはいえ、彼はシルとミリアを誘拐している。護衛としては面目をつぶされてしまった形。当たり前だが、陛下に対して良い印象を持っている者の方が少ない。

陛下はそんな騎士たちを気にした様子もなく言葉を継ぐ。

「留学生が転移で帰るなど、前代未聞《ぜんだいみもん》だぞ……いや、それを言ったらアルライン卿は存在自体が前代未聞だったな」

「意味がわかりません」

陛下はいつも俺のことを人外扱いする。存在自体が前代未聞とかどういう意味だ。

「ははっ、すまない。ただ、私たちのような『普通』の人間にはそなたの行動を理解するのは難しいということだ」

「理解されなくても構いません。ただ、受け入れてくだされば」

「あぁ、とっくの昔に諦めてそうしているさ。そなたがすることが悪いことであるわけがないとも思ってるからな」

「信頼してくれてありがとうございます？」

「疑問形にするな」

陛下が声を上げて笑う。その様子に護衛騎士たちの空気が緩《ゆる》んだ。

俺は両者の様子を見てそっと笑みを浮かべる。

出会ったばかりの頃の陛下は何を考えているのかわからない笑みを顔に張りつけていたが、今はだいぶ雰囲気も柔らかくなり余裕が生まれたように感じる。

屈託のない態度、穏やかでありながら自信に溢れた笑み。皇帝らしい威厳がありつつも、第五皇子として帝国民のために走り回った時に身についたと思《おぼ》しき気安い様子は、国民に好かれる君主そのもの。

だから護衛騎士たちもほんの少し警戒を緩めたのだろう。

彼ならこの帝国をより良くするに違いない。

「これから大変だとは思いますが、陛下ならきっとこの国を良い方向に導けますよ」

「ん？　そなたにそう言ってもらえると少しは気が楽だな」

「ヘタレな陛下の姿を見たことがあるのは私だけですもんね」

「それを言わないでくれ……」

今度は俺が声を上げて笑う。

反乱が成功するかどうか不安で弱気になっていた陛下の姿はもうない。ここにあるのは、反乱と父親の死を経《へ》て成長した頼もしい君主の姿だった。

「私たちはそろそろ帰ります。約束、忘れないでくださいね」

「もちろんだ」

「あと……」

俺は笑みを消して陛下の目をじっと見つめ、深々と頭を下げる。

「リョウのこと、頼みます」

「顔を上げてくれ。彼に関しては処分が決まり次第連絡する」

「お願いします」

俺の親友であり、陛下の異母弟。彼は悲しい勘違いにより父親であった前皇帝を殺してしまった。いろいろな事情があったにせよ、その罪は消えない。今は勾留《こうりゅう》されて処分を待つ身だった。

いくら親友であろうと、リルベルト王国の貴族である俺が帝国皇族の問題に口を挟むわけにはいかず、彼をかばうことはできない。俺にできるのは陛下を信じることだけだ。

ぎゅっと唇を噛みしめる俺をよそに、陛下が一歩前に出て使節団を見た。

「そなたたちには本当に世話になった。これからの健闘を祈っている」

帝国皇帝の言葉に全員が一斉に礼をとる。俺はもう色々バレているしいいやと思ってとらなかったが。

「それじゃあ、帰国しましょうか」

「「「「はい！」」」」

帝国復興のシンボルでもある煌びやかな皇城を今一度仰ぎ見る。

満天の星をバックに浮かぶ皇城は、不気味な灰色の世界の中でもこの帝国に来た時よりずっと美しく輝いていた。

——また、この城を見ることができますように。

俺は心の中でそう願うと、静かに唱えた。

「〈転移〉」

一瞬にして変わる風景。そして。

「アルライン卿!? ど、どうして帝国にいるはずの君がここにっ……って他にも人がいる!? 馬車まで!?」

「アルライン様らしい……」

気が付けば、目の前にはシルと同じ銀髪を持つ男の子と黒髪の青年がいて、驚きの表情で固まっていた。

……どうやら、義兄上《あにうえ》（予定）の目の前に転移してしまったようだ。というか、ダーク？ なんで騎士の服なんか着てるんだい？

†

「まさか、転移で帰ってくるとは。お主《ぬし》は何を考えておるのだ」

リルベルト王国王城、国王陛下の執務室にて。

俺は、スタン国王陛下から詰められていた。

その場にいるのは、俺とシル、スタン国王陛下、シルの兄で俺の義兄（予定）でもある第一王子のシルヴェスタ殿下、そしてなぜか殿下と一緒にいたダークだ。

夜も遅いので生徒会の他のメンバーはひとまず帰らせて、護衛騎士たちもそれぞれの職務に戻っていた。

俺は陛下の問いに無表情で答える。

「緊急事態のようでしたので、こうする方が効率的かと思いまして」

「効率的でもやっていいことと悪いことがあるだろう」

はぁ、とため息を吐く陛下。俺は間違ったことはしていないはずなんだが。

俺の様子に目の前に座っていたシルヴェスタ殿下が苦笑する。

「アルライン卿……突然人や馬車が王城の庭に現れたのは多くの人間が見ていた。これでは父上が君の力を隠そうとしても隠せるものではない。君自身が隠す意識を持ってくれないと」

「そのことに関しては申し訳ございません。ただ、これくらい早く帰ってきた方が良いかと思いまして。あとのことは陛下の力を以てすればどうにかなるかなと」

「ぐっ……」

俺の言葉に陛下が言葉を詰まらせる。

国王という立場の者としてここでできないとは言えないはず。少し罪悪感はあるが今回は仕方がなかったと思ってもらうしかない。

俺の思惑《おもわく》を正確に読んだらしく、陛下が再び深々とため息を吐いた。

ため息を吐くと幸せが逃げ――

「そう思うならため息を吐かせるな」

「あ、表情に出てましたか？」

「わざと出しただろうが」

ただ顔に出やすいだけだと思う。

「ずる賢いところまで貴族らしくならなくてもよかったのだが……」

「諦めてください。私に爵位《しゃくい》を与えたのは陛下なんですから」

「だからと言ってお主は仕事をしていないだろ……」

心外な。

「この留学でちゃんと成果を挙げてきましたが？」

「……そうだったな。その話をしようか」

陛下は諦めたように話を変えた。

俺は帝国で何があり、どうなったかを簡潔に説明した。

もちろん、リョウのことも、俺が契約していた精霊が姿を消したことも伝えた。今後のことを考えれば今言っておくのが最善だと判断したためだ。

外神のことだけは混乱を招きかねないと思い、隠したけれど。

アクアはみんなで協力すれば倒せるかもしれない、と話していたが、そもそも今の段階ではどこにいるのかもわからない、倒すことが絶望的に難しい相手だ。話してしまえば味方の戦闘意欲を削《そ》いでしまいかねない。もう少し状況がわかって準備ができてから話すべきだろう。

そんなことを考えつつ話し終えた時、陛下、シルヴェスタ殿下、そしてダークまでもが唖然とした表情を浮かべていた。

「皇帝を本当に譲位させるとはな……」

「元々そういうお話だったではありませんか、陛下」

「だからといってこんな短期間で成《な》し遂《と》げてくるとは思うまい」

まぁ、確かに。

俺たちが王国を出発してから経った日数といえば二週間程度。そのうちの約半分は王国を出発して帝国に辿り着くまでにかかった時間であることを考えれば、帝国にいたのは一週間足らずだ。

さらにそのうちの三日間、俺は眠っていた。

つまり、およそ三日で前皇帝に譲位させ、ディアダール陛下を即位させたことになる。

普通ならありえないスピードだろう。

だいたいはディアダール陛下が急いだせいなのだが。

「あの帝国の様子を見れば急がなければいけないことくらいわかりますよ。ディアダール陛下も我々が到着したらすぐに反乱に決着をつけようとしましたし」

「なるほどな」

陛下が納得したように頷く。

「まぁ、その新皇帝とは近いうちに話をせねばなるまい……娘を誘拐した件には話をつけなければな」

「お父様？　それは先ほどアルくんの話にもあった通り、ディアダール陛下にもやむにやまれぬ事情が……それに友好関係を結ぶという約束で水に流すと言ってしまいましたし……」

酷薄《こくはく》な表情を浮かべる陛下にシルが恐る恐る言う。だが。

「シルティスク、これは私とその小童《こわっぱ》の問題だ。口出し無用」

「は、はい」

強く言われてシルは黙ってしまった。

こればっかりは親バカな陛下を止めることは無理だろう。ディアダール陛下には諦めてもらうしかない。

「ま、まああそれは置いといて。現皇帝がアルライン卿と同じ年齢というのは大丈夫なのでしょうか？」

シルヴェスタ殿下が苦笑いしながら話を変える。

確かにその懸念はあるだろう。俺が伯爵位を持っていることすら年齢的にはおかしいのだ。皇帝が十三歳というのは前代未聞と言わないまでも、他国から舐《な》められる原因になるだろう。

「その点は大丈夫だろう。先帝が死亡して帝位を引き継いだのならともかく、今回の場合は反乱を起こして帝位を奪うことで国を救った英雄だ。それだけで能力は十分、いや、そこら辺の君主より優れていると言える。アルラインを呼び出した手段といい、稀代《きたい》の天才とすら言えるだろうな」

「なるほど。それなら心配することはなさそうですね」

人のことをめったに褒めない陛下にしては珍しく、ディアダール陛下のことを高く買っているようだ。

留学という名目を使って俺を帝国に送り込ませたディアダール陛下の策略に、一杯食わされたという意識があるからだろうが。

そこで俺はシルヴェスタ殿下に聞きたいことがあったと思い出す。

「そういえば、なぜここにダークがいるのでしょう？」

実を言えば、シルヴェスタ殿下がいることすら不思議ではある。留学の話の時に彼はいなかったから。

ただそれは彼がこの国の第一王子であると考えればまだ納得できる。

だが、ダークに関しては殿下が襲われた場にいたことは聞いていても、こうやって一緒に行動している理由や騎士服を着ている理由が全然わからない。俺の家臣のはずなのになぜかシルヴェスタ殿下の後ろに立っているし。

俺の言葉に、陛下がああ、と頷いた。

「まだそのことを説明していなかったな。ダーク殿には新たに設立されたシルヴェスタの専属騎士団の団長になってもらった」

数秒の間。そして……

ガタンッ。

「はぁ⁉」

気が付けば立ち上がっていた。

いや、どういうこと？　ダークが団長？　そもそもなんで伯爵家の一家臣が騎士団長なんかになるの？

「アルライン卿、驚くのはわかるがとりあえず座ってくれ」

「あ、はい……」

シルヴェスタ殿下に言われて俺はとりあえず、ほんっとーにとりあえず腰を下ろす。

「で、どういうことなのです？　私の家臣ということはもうご存知なのでしょう？」

「あぁ、もちろんだよ」

平然と頷く殿下に対し、目を細める。

「それでは、その行為が私に喧嘩《けんか》を売っていることになるというのも自覚しておられますよね？」

「アルライン様⁉」

「お前は黙ってろ」

「っ……!?」

驚いて大声を出したダークに対して俺が低い声で告げると、ダークは声を詰まらせた。

こんな俺を見たことがなかったからだろう。

だが、今回ばかりは譲れなかった。

ダークは俺にとって重要な人間だ。それなのにこんな勝手なことをされたら怒るに決まってる。

俺の様子にシルヴェスタ殿下が顔を引《ひ》き攣《つ》らせた。

「アルライン卿、落ち着いてほしいんだが……」

「私は落ち着いていますが？」

「ははっ、どう見ても落ち着いてないよね……」

乾いた笑い声を漏らすシルヴェスタ殿下と彼を睨む俺を見て、陛下が口を開いた。

「アルライン、お主が怒るのも無理はない。だが、今回の件はお主にも非があるのだぞ？」

「私は家族のことを心配して彼を護衛につけていただけですが？」

「家族に内緒で？　しかもその時に国唯一の王子が襲われたとなれば、そなたがその状況を想定していたと考えられても仕方がないことくらいわからんかね？　そして、なぜダーク殿のことを他の者に伝えなかったのか不審に思われるとも」

「……」

くそっ。そんなつもりではなかったのに。ただ嫌な予感がして義姉上と母上に護衛をつけていただけなのだが、まさかこんなことになるとは。

想定外すぎる状況に俺は内心でため息を吐くことしかできない。

黙っている俺を見つつ、陛下は言葉を継ぐ。

「私はお主がそのような人間ではないと知っているし、お主が義姉であるリエルを溺愛していることも知っている。そもそもお主の力を以てすれば他人の力を借りて王子を襲わせる必要なんて一切ないことも」

「では」

「だが、他の貴族はどうだろう？　ただでさえ、お主は方々から目をつけられているから、この機会に足を引っ張ろうとする者は大勢いるだろうな」

大丈夫でしょう、と言おうとした俺の言葉を遮《さえぎ》って陛下が告げたのは確かにありえることだった。

だが、それがどうしたというのだろう？　足を引っ張られたところで困ることなんてこれっぽっちも……。

俺の顔を見て陛下が苛立ちの表情を浮かべた。

「お主が足を引っ張られるのは構わん。どうせお主にとっては些細《ささい》なことだろうからな。だが、シルティスクに迷惑がかかってはたまらん」

「なぜここでシルの名前が出てくるのですか」

首を傾げる。俺が足を引っ張られたところでシルには……

「最悪、お主は王女の婚約者として不適当だから今すぐ変えるべきだ、などということにもなりかねないとわからないのか？」

「っ……！」

息を呑む。そこまでは考えていなかった。

いや、何かあっても力でねじ伏せればいいと無意識のうちに思っていたのかもしれない。

「それでシルティスクが嫌いな奴と婚約せねばならなくなったらどうしてくれる。私だってそんなことにならないよう最善を尽くすが、万が一という場合もあるだろう」

「申し訳ございません。考えが足りませんでした」

素早く頭を下げる。シルと離れるなんて考えられない。

「わかればよい。今後はそなたのせいでシルティスクが迷惑を被る可能性はないようにしてくれ」

「もちろんです」

シルを悲しませることはしない、そう誓ったのだ。その誓いをこんなに早く、一方的に破るわけにはいかない。

陛下が満足げに頷く。

「今回はダーク殿をシルヴェスタの専属騎士団の団長にしたことで、お主の家臣であるとはバレていない。特に何も追及されないだろう」

「ありがとうございます」

家臣というのがバレれば俺の自作自演と言われかねないが、俺の家臣であることを伏せてダーク自身に騎士団長という褒美を与えればそんなことは起きない。悔しいがありがたかった。

「まあよい。これからは何かあれば先に私に伝えてくれ。でないと何か起こるたびに肝を冷やす。そもそもいつ家臣なんか作ったんだか……」

「ははは……」

思わず目を逸らす。

彼は三年前、俺が十歳の時に冒険者ギルドで受けた依頼で、その依頼主を暗殺しようとした闇ギルドの一人だった。

天才的な闇属性魔法の使い手であり、国がいくら捕まえようとしても捕まえることができなかった。今は暗殺稼業をやっていた時と見た目も違うから大丈夫だと思うが、そんなことがバレたら俺もダークも大変なことになる。絶対に教えられない。

俺は気まずくて咳払いを一つすると、話の方向を変えた。

「そ、それで、シルヴェスタ殿下を襲撃《しゅうげき》するよう命じた人間が誰かはわかっているのですか？」

「いや、わかってない。ただ、この国の貴族の誰かではあると考えている」

「なぜですか？　他国という可能性も……」

陛下の考えに、俺は疑問を投げる。

この国は周囲の国に比べて圧倒的に栄えている。この国の富を狙って他国が第一王子を誘拐しようとする可能性は十分あった。

「いや、手紙にも書いただろう？　今、国内各地で反乱の兆しが見える。なぜかは知らないが多くの貴族が反乱を起こそうとしているらしくてな。そのうちのどこかの家であることは確実だろう」

なるほど。確かにそれを聞くとどこかの貴族が反乱のために殿下を誘拐しようとした線が濃いだろう。しかし――

「貴族たちはなぜ反乱を起こそうとするのでしょう？　困っていることなどないはずなのに」

「それは私にもわからん。ただ、潜り込ませている間者から、反乱を起こそうとしている貴族たちは皆、ここ一ヶ月くらいの間に急に人が変わったようになったという報告があった」

「まさかハーレス公爵みたいに……!?」

人が変わった、その言葉で思い出されるのは王都動乱の時のこと。あの時も、魔導師《まどうし》の魂に取《と》り憑《つ》かれたハーレス公爵の人柄が変わったらしい。

それは公爵が見つけた迷宮《ダンジョン》から出てきた魔導書のせいだった。

「わからない。あの時と同じかというと迷宮が見つかったわけでもないしな。突然人が変わった、ただそれだけなんだ。強いて言うなら反乱を起こそうとしている貴族の領地で異常気象が起きていることくらいだろうか」

陛下は否定ではなく、わからない、という言葉を使った。

しかし、それは皇城で感じた俺の悪い予感を高めることになる。

そんな簡単に人の性格が変わるだろうか？　しかも悪い方に？　そして、精霊が力を失ったのとほぼ同時期に異常気象の発生？

『もうすでに人間界にも影響が出てる』

外神のことを話した時のムママトの言葉。

――間違いない。これは外神の仕業だろう。

どうやったのかはわからない。だが、神に理屈を求めてもしょうがない。理を無視する外神ならなおさら。

あいつは何をしようとしているのだろうか？

『破壊することに喜びを見出《みいだ》す……』

アクアの言葉を思い出す。

彼女の力を奪い帝国を壊した外神は、さらに二人の精霊の力を手に入れた。

まさか、外神は国だけではなく世界を崩壊させようとしているのだろうか？

そんなことができるのか？

もしできるとしたら、俺はどうしたらいいのだろうか？

ルミエとマレフィを助けたい、ただそれだけだったはずなのに、いつの間にか世界が危機に陥っていた。

「まあ、お主がそこまで考え込むことではない。今のうちにわかっていれば対処のしようはあるしな」

黙り込んだ俺を心配してか、陛下が俺を安心させるように言う。だが、外神の仕業と確信した以上、陛下だけでどうにかできることではない。

と言っても今俺にできることは何もないのだが。

外神の居場所がわかればすぐにでも乗り込むが、残念ながらわからないし。

「陛下、何かあればすぐに私を呼んでください。お願いしますね？」

「あ、ああ、いつになく乗り気だな……言われなくてもそうする」

「それなら良かったです」

念押しするように言うと、陛下が少しだけ引いた様子を見せる。

確かにいつもなら面倒ごとを嫌ってこんなことは言わないだろうが、今は非常事態。せめてこれくらい言っておかないと俺の気が済まない。むしろ、これくらいしかできない自分が歯がゆいくらいだ。

「ダーク殿にはしばらくの間、騎士団長としてシルヴェスタの護衛についてもらう。これでシルヴェスタの身の安全は確保されるだろう」

「ええ、彼の実力は本物ですから、それが良いと思います」

陛下の言葉に俺は頷く。

彼がいないのは少し不便だが、こうなってしまった以上は仕方がない。シルヴェスタ殿下も俺の家臣であれば信頼できることだろう。

「ありがとう、アルライン卿。しばらく借りるよ」

「はい。ダーク、すまないが私に代わって殿下をしっかり守ってくれ」

「かしこまりました」

シエル――ダークの妹であり俺の侍女だ――には俺から伝えておく、とは言わなかった。

こちらを見るダークの目が信頼に溢れていたから。

ダークを闇ギルドの手から救い出したのは確かに俺だが、知らぬ間にずいぶん懐《なつ》かれていたようだ。俺が神子だということを知っているせいもあるだろうが。

なんとなくむず痒い心地になっていると、シルヴェスタ殿下が口を開く。

「父上」

「なんだ？」

「私はダーク殿がついてくれるから安心ですが、シルティスクはどうしましょうか？」

「しばらく私の家で過ごしますか？　私がずっと傍にいれば危険はないでしょうし……」

それ以上に俺が一緒にいたい、その言葉は呑み込んだ。親バカな陛下の前で言っていい言葉ではない。

だが、その言葉を呑み込んだところで変わらなかったらしい。

「許すわけないだろう！　いくら婚約者でもお主らはまだ未成年！　絶対にいかん！」

陛下は激昂《げきこう》した。

そんなに怒ることでもないと思うのだが、親バカな陛下には溺愛している娘が男の家に泊まるなんて許せないことなのだろう。

安全を考えたら俺の家に来るのが最善だと思うのだが。

その時、これまでは隣でただ聞いているだけだったシルが口を開く。

「では、お父様。アルくんが王城に泊まるというのはいかがでしょう？」

「えっ」

「ほう、それは確かにいい案だな……」

え、それはアリですか？

確かにそれならシルを守れるし、情報も逐一《ちくいち》最新のものが入るだろう。

だが、一つだけ問題があった。

「陛下、ありがたいお話ではありますが、私にも家族がおります。できれば家族も王城に泊めていただけると……」

義姉上と母上は殿下襲撃事件の時傍にいたし、義姉上に至っては王都動乱の際に人質に取られそうになっている。屋敷には剣聖《けんせい》の称号を持つ父エルバルトがいるから大丈夫だとは思うが、それでも心配なことには違いない。

しかし、侯爵家が一時的とはいえ王城に住むなど許されることだろうか？

そう思っていると、シルヴェスタ殿下が俺に加勢した。

「父上、アルライン卿の言う通りです。王都動乱の時のようにアルライン卿の家族を人質に取ろうとする不届き者がいないとも限りません。この件が解決するまではマーク侯爵家の皆様には城に泊まっていただくのがよろしいのでは？」

殿下の言葉なら親バカな陛下でもある程度聞くんじゃないだろうか。

だが、殿下のあの期待しているような表情はなんだ……？

俺が疑問に思っていると陛下がふむ、と一つ頷いた。

「そうだな、マーク侯爵家にはしばらく王城に泊まってもらうか。すぐに使者を出そう」

「ありがとうございます！」

すぐに側近を呼んで手配を済ませた陛下を見てほっとする。

これで家族が俺の知らぬ間に危険にさらされる可能性は低くなった。少し安心だ。

「もしかしたらこれで、少しでもリエル嬢とお近づきになれるかもしれないな……」

「殿下？　何かおっしゃいましたか？」

「あ、いや、何も！」

「そう、ですか？　それならいいのですが」

何かボソッと呟いた気がしたのだが、殿下が違うと言うのなら気のせいなのだろう。

「お兄様、まさか……」

ニヤッと笑うシルに殿下が慌てる。

「シ、シル？　違うからね？」

「ふふっ、今はそういうことにしておいてあげます」

「だから、違うんだって！」

シルと殿下のじゃれ合いは意味深で、俺は余計に謎が深まっていくのを感じながら執務室を辞したのだった。

†

「アルくん!?　大丈夫だった!?」

「あ、義姉上、く、苦しい……」

しばらくして。俺は、義姉のリエルに抱きしめられていた。

陛下の執務室を辞した後、すぐに出てきたシルを部屋まで送ってから王城の使用人に案内してもらってマーク侯爵家にあてがわれた部屋に行くと、そこにはすでに家族が揃っていた。とっくに零時を回っていたため昼頃に来るかと思ったのに、陛下が迅速に動いてくれたようだ。

部屋に入ってすぐ、義姉上が飛びつくように抱きついてきたのだった。俺より二つ年上の彼女は今年で十五歳。できればそういう行動は慎《つつし》んでもらいたいんだが……

「リエルちゃん、アルちゃん苦しそうだから放してあげて」

「あ、ごめんなさい。久しぶりに会ったからつい」

リリー母上の言葉で義姉上からようやく解放される。

俺はゲホゲホッと咳をしながら声を絞《しぼ》り出した。

「つい、で絞《し》め殺されかけたらたまらないんですが……母上、お久しぶりです」

「久しぶりね。また大きくなったかしら？」

「二週間で成長することはないんじゃないですかね？」

「ふふっ、そうね」

俺のことを溺愛しているこの母上は、常におっとりと穏やかだ。

殿下と義姉上が襲撃された時にその場にいたと聞いて心配したが、この様子なら問題なさそうだ。

「それで？　アルくん、どこも怪我してない？　大丈夫？」

「あ、義姉上、それは僕の言葉なのですが……」

「私は大丈夫だから！　アルくんは反乱を手伝いに行ったんでしょう？」

ぐっと顔を近づけてくる。だから、近いんだって……

何年経《た》ってもブラコンは治らないものなのだろうか。それとも義姉上が特殊なのだろうか？

そんなことを考えながら俺は一歩引いて答える。

「そ、そうですが、僕は大丈夫ですよ」

「本当に？」

「本当です」

俺の言葉を聞いて義姉上はほっと息を吐くと、ソファにどさっと腰を下ろした。

「よかったぁ……本当に心配したんだから……！」

義姉上の様子に苦笑する。すると、俺の肩にポンと手が置かれる。

「アル、無事で何よりだ」

振り返ると父上が笑っていた。我が家で一番しっかりしている人を見て少しホッとする。義姉上や母上だけだとなんとなく心配になってくるのである。

「心配したぞ」

「ご心配をおかけしました。ですが、僕は大丈夫ですよ」

「ああ、元気そうで安心したぞ」

そんな話をしていると、今度は背中に衝撃を感じた。

「わっ、ライト兄上!?」

「アル、会いたかったよ～！」

「急に抱きついてこないでください！」

義姉上と同じように飛びついてきたのは二番目の兄、ライトだった。

「いいじゃないか～、僕は本当にしばらくぶりなんだから」

「暑苦しいのでちょっと離れてください！」

「ひどくない!?」

ライト兄上は学園卒業以来、ずっと領地の方に行っていたから確かにすごく久しぶりだ。ちなみにバルト兄上とマリア母上は今も領地にいるらしい。

ガーンという表情を浮かべている兄上。義姉上に負けず劣らずブラコンな兄上からすると、俺の「暑苦しい」という言葉はなかなか心に来たらしい。

「弟が、あの可愛かった弟が反抗期だ……」

ブツブツ呟きながらふらふらと離れていく。

そんな兄上の後ろ姿を苦笑しながら見ていると、母上がパンと手を合わせた。

「そうだわ！　アルちゃん、ダークさんのこと、ちゃんと聞かせてくれる？」

「そういえばその話をしないといけませんでしたね」

襲撃されて、しかもダークがシルヴェスタ殿下の護衛になったということは、義姉上と母上にもその存在がバレたのだろう。

母上の言葉を聞いて、義姉上がガバッと体を起こす。

「そういえばそのこと、しっかり説明してよね！　ダーク様が急に現れて助けてくれて、本当に驚いたんだから！　いつの間に家臣なんて……」

「大した話ではないのですが……」

説明しようにも、言えないことの方が多いからどうしたものか……

困っていると、壁に寄りかかっていた父上が口を開く。

「アル、その件は私も聞きたい。まさか私に隠して家臣を作って、お咎《とが》めなしと思っているんじゃないだろうな？」

「いや、父上、これは……」

謎の威圧を発する父上の様子に俺が口ごもると、母上に頭を撫《な》でられていたライト兄上が、ちょっと据わった目を向けてくる。

「まさかねぇ、アルが僕より先に家臣を作るだなんて、思ってなかったよ」

「ライト兄上まで⁉　な、なんか笑みが怖いですよ……？」

「ふふっ、そうかい？　僕はいつも優しいと思うけどな？」

思ったよりみんな、この件には思うところがあったらしい。

――これは隠せない流れでは？

結局、俺は渋々全てを説明せざるを得なくなったのだった。

第三話　新たな精霊

「なるほど、お前が学園に入る前にそんなことがあったのか……確かに闇ギルドの事件について陛下と話はしたが、まさか本当にお前の仕業だったとはな……」

「アルちゃんったら、いつも本当に無理するんだから」

説明し終えた時、誰もが呆れたような顔をしていた。

父上だけは、俺が初めて陛下に謁見した際になんとなく聞かされていたために、納得の表情を浮かべていたが。義姉上が不満そうに言う。

「事情はわかったけれど、それなら隠して護衛になんてつけずに教えてくれたらよかったのに」

「僕が嫌な予感がして勝手につけただけだったから、義姉上と母上にはいつも通りに過ごしてほしかったのです」

そう告げると彼女は表情を緩める。我が義姉上ながら可愛い。

「ふふっ、アルちゃんは本当に紳士ね。でも、次からは教えてね。じゃないとびっくりしちゃうから」

「わかりました、母上」

素直に頷くと、義姉上が再び抱きついてくる。

「義姉上!?」

なんとか受け止めるが、びっくりするからやめてほしい。だが、義姉上は構わず胸元にすりすりしてくる。

「もうっ、成長しても可愛いんだからっ！」

「ちょっ、あの、えと……」

「リエル、まだ話は終わっていないから座っていなさい」

「はい、お義父様」

俺がアワアワしていると、父上が義姉上をなだめてくれる。この様子は俺が小さい時からずっと変わらないなと、思わず頬が緩んだ。

義姉上が座ったのを見て、父上が再び口を開く。

「さて、アル。家臣のことなんだが」

「はい」

「確かにお前は伯爵で、今後家臣は必要になる。だが、それには手続きが必要だから、まずはそこから学ぶように。でないと、お前の家臣の正当性についてとやかく言う貴族が現れるだろう」

父上が真剣な表情で告げる。

手続きがあるのか、知らなかった。

「わかりました。迷惑かけちゃってごめんなさい」

「いや、構わん。ダーク殿にはリリーもリエルも救われたからな。だが、これからは私に話してから事を進めてくれ」

俺がさっと謝ると父上は首を横に振った。陛下と同じことを言うなと思いながらも、俺は頷いた。

「はい」

「それと、これからのことなんだが」

みんなを見回しながら発した父上の言葉を聞き、その場に緊張が走る。

「しばらくはできる限り王城から出ないように。何があるかわからないし、もしかしたらお前たちを人質にとってマーク家を利用しようとする輩《やから》がいるかもしれない。くれぐれも気を引き締めて、何かあればすぐに連絡を取ること。お前たちの身の安全が一番なのだから」

「「「「はい」」」」

俺含め家族全員が頷く。すでに王城に泊まることになった事情を知っているのだろう。俺に対して深く詮索《せんさく》されることもなかった。

これでようやく落ち着ける……と思ったが、すぐにその時間は終わりを告げた。

『貴様！　光の精霊と闇の精霊をどこにやったんじゃ〜！！！』

「うわぁ!?」

突如頭の中に響く低い声。

思わず声を上げると、家族がこちらをぎょっとしたように見る。

「アル⁉　どうした⁉」

「アルくん⁉　何かあったの⁉」

兄上と義姉上が勢いよく立ち上がった。だが、俺はある一点に目が釘付《くぎづ》けになっていた。

「……ドワーフ？」

『おっ、人間のくせしてよくわかったな！　正確には土の精霊だがな』

ふふんっ、と鼻を鳴らし、続いて見下したような声が頭の中に響く。

最初に声が響いた時、とっさに魔眼を開眼させたが正解だったらしい。今見えているでっぷりとした小人は、土の精霊のようだ。

黄土色の髪とこげ茶の瞳を持ち、髪と同じ色の髭《ひげ》を生やしている。精霊であるならば頭の中に響くこの声は家族には聞こえていないのだろう。さっきの反応も納得だ。

だが、それよりも気になることがあった。

『……なんで窓に張りついてるんだ？』

さっきからずっと、バルコニーへの出入り口になっている窓にその精霊は張りついていた。

『こ、これは風の奴に飛ばされてきたから仕方なくなんじゃ――――！！！』

「うっ……」

絶叫しないでくれ。

あまりの大声に頭痛がした。そんな俺の様子を家族が不思議そうに、そして心配そうに見ているが、それを気にしている余裕はなかった。

「風の奴」に飛ばされてきた？　どういうことだ？

土の精霊が言う「風の奴」が誰のことかはわからないけど、猛烈《もうれつ》に嫌な予感がした。

その時、窓がギシッと音を立てた。

とっさに叫ぶ。

「みんな！　伏せて！」

「「「えっ!?」」」

「早くっ！」

ゴォオオオオオオオオオオ！！！！！

そう叫んだ直後、俺が魔法を展開するよりも早く窓が勢いよく開き、暴風が吹き込んだ。

「ぐっ……」

腕を顔の前に持ってきてなんとかガードするが、吹き込んでくる暴風によって家具が飛ばされて壁にめり込む様子が見え、顔が引き攣った。

「一体何が……」

何が起こっているのかわからない状況が半端なく怖い。

普段感じることのない焦燥感に駆られるが、身体が風に押さえつけられた状況で俺にできることといえば、家族の様子を確認することだけだった。

その時、バルコニーにあったのであろう植木鉢が勢いよく飛ばされてこっちに来るのが見えた。植木鉢の進行方向、その先にいたのは……

「義姉上、危ない！」

「えっ？」

俺は一瞬で〈身体強化《ブースト》〉をかけ、義姉上の前に躍り出る。

飛んできた植木鉢を叩き落とし、そのまま向かい風を押し返すように中級の風属性魔法を使った。

「〈暴風《ストーム》〉！」

「アルくん!?」

背後から聞こえてくる義姉上の叫び声。だが、答えている暇がない。

明らかに異常な風に、これ以上押されるがままになるのはまずいと判断したからこうして前に出たのだが、思った以上に強い風に押し負けそうになる。

これほどの風、どこから吹いているのだろうか？　さっき土の精霊が言っていた「風の奴」が関係しているのか？

そんなことを考えながらより魔力を込める。ここで押し切られるわけには……！

「ぐぅっ……えっ？」

だが、魔力を込めたのと同時に風は急に弱まった。そして……

『誰か受け止めてええええええええ！！！』

またしても俺の頭の中に大声が響き、小さい――といっても七、八歳の子供くらいのサイズだが――何かが突っ込んできた。

その勢いに、俺は思わずひょいっと避《よ》けてしまう。すると、また頭の中に絶叫が響いた。

『なんで避けるのおおおおおお！！！』

だってこんな得体の知れないもの、受け止めるわけにはいかないし。

それはそのまま勢いよく壁にめり込んだ。同時に風がピタッとやむ。

「な、何が起こったんだ……」

父上が呆然と呟く。

伏せていた家族たちがフラフラと立ち上がった。皆キョロキョロと辺りを見回しているが、壁にめり込んだ物体は見えていないのか、視線の先はばらばらだ。

ただただ混乱に満ちた表情を浮かべていた。

「まさかっ……!?」

家族に見えていないことと会話が念話だったことを考えると、もしかしてこれも精霊!?

俺は慌ててそれを引っこ抜こうと、ジタバタしている足を持つ。

精霊ならこのままにしておくわけにはいかない。

家族からは空中で両手を前に出しているようにしか見えないのだろう。「どうしたんだ？」という表情を浮かべているが、説明の仕方もわからないから今は一旦スルー。先にこっちをどうにかしないと！

「くっ、なんでこんなにしっかりめり込んでるわけ……？」

勢いよく引っ張るが、なかなか抜けない。するとまたしても頭の中に声が響いた。

『君が受け止めてくれないからでしょ！』

『ごめんごめん』

苦笑する。誰だってあんな暴風の中で飛んできたものを受け止めたくはないと思う。何かわからないし、危険なものかもしれないのだから。そんな話をしながらも引っ張っていると、とうとう見かねたのか、父上が話しかけてくる。

「アル、何してるん……」

チュポンッ！

「わっ、抜けた！」

あまりの勢いに俺は思わずそれを離して尻もちをつく。

「あ」

『なんで手離すンゴッ!?』

ドンッ。

「「「っ!?」」」

しまったと思った時にはもう遅かった。

それは反対側の壁に飛んでいきぶつかるとそのままずり落ちる。

申し訳なくは思うものの、俺も突然のことで疲れすぎていてそのまま座り込んでしまった。

「つ、疲れた……」

「アル？　さっきから何をしてるんだ……？」

座ったまま息を整えていると、父上が引き攣った顔で聞いてきた。

まあ、当たり前だよね。

さっきからの俺の行動って、精霊が見えていない人間には、全部俺が一人で話し出したり動いたりしているようにしか見えないのだから。

なんなら勝手に部屋が壊れていくなんてホラーでしかない。

他の家族も同じだった。若干一名、俺に守られている図にわくわくしている顔のブラコン《リエル》がいるがそれは別枠である。

俺はなんとも言えず苦笑するしかない。

「あはは……ここに精霊がいるんですよ……」

「「「はっ!?」」」

全員が素っ頓狂な声を上げた。

精霊が見えない人がこういう反応になってしまうのは当然だ。

というか、さっきの土の精霊はどこに行った？

俺が悲惨《ひさん》な様子の部屋を見回すと、ドワーフの見た目をした土の精霊は壁際で伸びていた。なるほど、無事か。

『なんだその顔は！　無事じゃないぞ！　お主はいつも精霊にそんな態度で接しているのか？』

『やっぱり無事じゃん』

むしろ思ったより元気そうだった。

暴風に飛ばされてきた割には特に怪我もなさそうだし。精霊って頑丈《がんじょう》なのだろうか。

『物理攻撃で我らに怪我をさせることは無理だぞ。自然の影響は受けやすいが、この場に存在している体は仮の姿みたいなものだからな』

『便利だね』

不機嫌そうな様子ながらも俺の疑問に答えてくれる土の精霊。意外と優しいのかも。

『その意外そうな表情はなんだ。最近の若者は礼儀がなってないからいかん……』

ブツブツ呟きながら土の精霊が起き上がる。すると、どこかから返事があった。

『人間なんてこんなもんでしょ。ふぅ、ひどい目に遭った』

声が聞こえた方を見ると、さっき壁にぶつかった精霊らしきものだった。よく見るとそれは、黄緑色の髪に千草色の瞳を持ち、小さな男の子の姿をしている。

ちょうど起き上がったところのようだ。土の精霊がそれを睨む。

『お主が加減を間違えてあんな風を吹かせるからじゃろ！　なぁにがひどい目に遭った、じゃ！』

ん？　なんか今聞き捨てならないことを土の精霊が言わなかったか？

『この暴風、君がやったの？』

『え？　うん。このおじいさんが君のところに行くのに歩くの面倒くさいとか言うから、風で飛ばしてあげたんだよね。でも、思ったより強くしすぎちゃったみたい。ごめんね～』

『誰がおじいさんじゃ』

土の精霊の言葉に、小さな男の子がてへっ、と軽く笑う。

うん、可愛いね。可愛い顔立ちをした小さな男の子が笑ったら可愛いに決まってるよね。でも……

俺は小さな男の子の前まで行くと、笑みを浮かべる。

『……え、えと、なんで君はそんな怖い表情を……？　しかもなんでそんなに魔力を垂《た》れ流しているのかな……？』

小さな男の子が顔を引き攣らせる。なんでって、俺は今猛烈に怒っているからね。これくらい魔力を垂れ流さないと精霊には威圧にならないでしょ？

俺は笑顔のまま告げた。

『ここ、直してくれるよね？』

『は、はいいいいいいい！』

俺の頭の中に悲鳴が響き渡った。

†

『で？　君たちはなんで僕のところに来たの？』

しばらくして。

小さな男の子――風の上級精霊だったらしい――に部屋を片付けさせた後、俺たちは王城にある庭園に来ていた。ちなみに、片付けは土の精霊――彼も上級精霊だったようだ――にも連帯責任として手伝わせた。

家族には、ここに精霊が二人いること、俺に会いに来たみたいだということ、ここに来る過程で力の加減を間違えて暴風を吹かせてしまったらしいことを話した。しかし、理解の限界に達したらしく、一足先に休んでもらうことに。

普通の人間にとっては精霊なんて会うことのない存在であり、それが俺に会いに来たことも、力の加減を間違えたというのも、理解できないのは当たり前だった。

『そ、それは……』

俺の問いを聞いて、隣にいる風の精霊がこわばった笑みを浮かべている。どうも俺の威圧が相当怖かったのか、未だに少し距離がある。

代わりに土の精霊が口を開いた。

『我らは光の上級精霊と闇の上級精霊の気配が消えたために、契約者であるお主に会いに来たのじゃ。普段は他の精霊が消えても動くことはないが、二人同時だったせいで嫌な予感がしてな……』

そういうことか。

アクア曰く二人が連れ去られたことで光と闇の精霊全体の力が弱まっているとは言っていたが、彼らはルミエとマレフィが消えたこと自体に気付いたのだ。

本来の力を失ったアクアでは離れたところにいる他の精霊の力を感じることは難しいみたいだけど、同じ上級精霊であれば本来感じることができるものなのだろう。

『なるほどね。二人の契約者が俺であることは知っていたんだ？』

『精霊は至るところにいる。だから上級精霊が人間と契約したとなれば、すぐに話が広まるのは当たり前のことじゃ』

『上級精霊が見える人間なんて相当稀少だからね。精霊たちの噂の的《まと》だよ。だから僕たちはすぐにお兄さんを見つけられたんだし』

確かに、ルミエもマレフィも下級精霊を使って情報集めをしていたし、俺が二人と契約していることを知っていてもなんら不思議はない。

アクアのように水の精霊が寄りつかない、水が全くない場所にいるとまた別なんだろうが。

納得して頷いていると、土の精霊が険しい表情で俺の方を見る。

『で、二人は今どこにいるのじゃ。下級精霊たちの噂話すら聞かずに飛び出してきてしまったからまだ何も知らないのじゃ』

『もし、お兄さんが二人に何かしたのなら、僕たちは容赦《ようしゃ》しないよ』

風の精霊も軽い雰囲気を消して、冷たい顔になった。

同胞に手を出したら容赦しない――

二人からはそんな気迫が感じられた。

俺は首を横に振る。

『二人は外神に連れ去られた』

『『はっ？』』

二人が固まる。ありえないことを聞いた、そんな表情だ。

『ど、どういうことじゃ？　外神は遥《はる》か昔に封印したはずで……！』

『その封印が解けたとアクアが言っていた。すでに僕も会った』

『そういえば、しばらく感じなかったアクアの気配がここ最近また感じ取れるようになったね』

風の精霊が呟く。

『あぁ、アクアは外神によって力を奪われていたらしい。今は僕が魔力を分けているからしばらくの間だけ力を取り戻してる。本来の力とは程遠いみたいだけど』

『そうじゃったのか……』

呆然、という様子の土の精霊に対し、風の精霊は唇を噛みしめて悔しそう。

『まさかだね、外神が目を覚ますなんて。しかもすでにアクアが被害に遭い、光の上級精霊と闇の上級精霊は連れ去られてしまったとは』

『ああ、あやつを封印するために我らの同胞は犠牲になったというのに、これじゃあ意味がない』

そういえば精霊神であるムママトも言っていた。精霊が一人、犠牲になったのだと。

土の精霊のこの様子、もしかしたら深い関わりがある精霊だったのかもしれないな。

『アクアに魔力を分けたってことは、お兄さんは僕たちの味方と思ってよさそうだね』

俺に鋭い視線を向けていた風の精霊が、一転して表情を和らげる。

しかし、土の精霊は厳しい顔のままだ。

『いや、それはどうかわからんぞ。この者は所詮人間。もしかしたら我らをだましているかもしれん』

『なんで？　アクアを助けてくれたんだから味方じゃん？』

『だが、それなら光と闇の上級精霊はなぜ外神に連れ去られたのじゃ？　ずっと近くにいたはずなのに。お主は確か神子じゃろう？　神様から加護をもらい、精霊神様に直接特訓された。それなのに簡単に二人が連れ去られるなんておかしくはないか？　しかもお主はぴんぴんしているようだし』

『……』

土の精霊の言葉に思わず黙り込む。

それを言われてしまえば、俺は言い返せない。

アクアはたとえ俺が神子であっても一人で外神に勝つのは無理だろうと言っていた。

だが、二人が連れ去られてしまったのは明らかに俺の落ち度なのだ。

俺の様子に、土の精霊が呟く。

『その様子……やはり、味方ではないようだな』

『そういうわけじゃっ……！』

『では、なぜ二人は連れ去られたのじゃ？』

『くっ……』

思わず声を荒らげると、彼は同じ問いを繰り返す。再び黙り込むしかない。

その場に沈黙が広がった。やけに虫の鳴き声が大きく聞こえた。

やがてその雰囲気に耐え切れなくなったように、風の精霊がぎこちない笑みを浮かべた。

『ま、まあまあ、おじいさんもそんなに厳しいこと言わないで』

『おじいさんと呼ぶな』

『彼が神子で、しかもムママト様の特訓を受けた者である以上、こちらの味方であることは確実でしょ？』

土の精霊の言葉をサラッと無視して、風の精霊は言葉を継ぐ。

風の精霊が土の精霊をおじいさんと呼ぶのはいつものことなのか、慣れたやり取りに見える。

土の精霊はため息を一つ吐くと、それ以上は追及せず俺の方に目を向ける。

『じゃが、この者がついていながら我らの同胞が連れ去られたのは事実じゃ』

『いくら神子であっても、外神に一人で太刀打《たちう》ちできるわけないよ。あいつは理を無視した、常識外の存在なのだから。神ですらてこずる相手に、神子が何かできるわけがない』

風の精霊がアクアと同じことを言う。

だが、アクアと違ってその言葉には諦めが含まれていた。

『ふんっ、我は認めぬぞ。この者が味方であると言うのなら、証拠を見せるべきじゃろう』

土の精霊が頑《かたく》なに言い張る。

『えー、それは困ったなぁ、僕たちは彼に頼み事があって来たのに』

『頼み事？』

土の精霊はこんなにも敵意むき出しなのに、俺に頼み事があるというのだろうか？

だが、風の精霊は俺の言葉をスルーすると、ニコッと笑う。

『そしたら、そうだね、お兄さん。下級精霊と契約してみてよ』

『……どういうこと？』

なぜそうなるのだろうか？

だが、よくわかっていない俺に対し、土の精霊は納得の表情を浮かべる。

『それはいいな。我らの味方でないのに、下級精霊と契約を結べるはずはないからな』

『そうなの？』

初耳なんだが。俺の問いに土の精霊が頷く。

『ああ。下級精霊は本能で契約者を見極めている。相手が悪人だったり精霊に害を為《な》す者だったりする場合、契約できないのじゃよ』

『そんな本能が……』

初めて聞く話に俺は思わず感心する。

下級精霊は言葉もあんまり話せないくらい幼い。だから、直感的な危機察知能力が高いのだろう。

『風のもたまには良いことを言うんじゃな』

『いつもだけど？』

『さっき調子に乗りすぎてこの者の部屋を壊した奴が何を言っとるんじゃ』

『もー、それは忘れてよー』

風の精霊が口をとがらせる。緩んだ雰囲気に俺も少し気が抜ける。

『じゃっ、そういうことで下級精霊を探してきて僕たちの前で契約を結んでみてよ』

『わかった』

風の精霊の言葉に従い、魔眼に魔力を込めて周りを見る。

夜も更《ふ》けて辺りは真っ暗。普段以上に魔眼に魔力を込めないと小さな下級精霊は探せない。

「いた」

草むらにチラチラと赤く光るものを見つける。

俺がそーっと近づいていくと、風の精霊も気付いたのか顔をほころばせた。

『火の下級精霊か。こんなところにいるなんて珍しいね』

『人間についてきて迷い込んでしまったんじゃろうよ』

今この庭園には火はおろか、火属性の適性を持つ人間すらいない。土の精霊の言う通りだろう。

俺は小さな火の玉に見える下級精霊の傍まで行き、ゆっくりと屈む。

すると、小さな声が聞こえてきた。

『おれとけいやくする？』

『ああ。君がいいなら契約してほしいんだけど、どうかな？』

俺の言葉に火の精霊は同意を示すように揺らめいた。自然と笑みが浮かぶ。契約に必要な名付けは、ふっと頭に浮かんだものを告げる。

『じゃあ、君の名前はアリファーンだ』

『『っ……!?』』

瞬間、その場に赤い光が弾けた。

くすぶっていた火が酸素を与えられて明るく燃え盛ったよう。

マレフィと契約した時よりも眩《まばゆ》い光に俺は思わず目をぎゅっと瞑《つむ》った。ようやく光が収まった時、そこには——

『これが、俺……？』

燃えるような赤髪と輝くオレンジ色の瞳を持つ、俺と同じくらいの背丈の少年が宙に浮いていた。

マレフィの時に近い、でも、それ以上の現象。これはまさか……

『あなたが俺を上級精霊に進化させてくれたんだな。礼を言う。そして、あなたに忠誠を誓おう』

俺の前に降り立った少年——火の精霊アリファーンは、深々と頭を下げた。

『あ、ありがとう。これからよろしくね』

俺はぎこちなく笑うことしかできない。

『こんなことが……』

『あー面白い！　まさかこんなものが見られるなんて！　お兄さん、本当に最高だよ！』

戸惑う俺の背後で土の精霊は愕然《がくぜん》とした表情を浮かべ、風の精霊は爆笑している。

そんな二人を見てアリファーンはニカッと笑う。

『土と風の精霊もいるのか！　俺のご主人様はすごい奴なんだな！』

『『『ご主人様!?』』』

まさかの呼び方に、アリファーン以外の三人でハモる。

『そんな呼び方しなくていいから！　なんか気恥ずかしいし……！』

俺は焦って顔の前で両手をぶんぶん振る。だが、アリファーンは不思議そうに首を傾げた。

『ご主人様はご主人様だろ？　しかも下級精霊だった俺を上級精霊に進化させるなんてすごい人間に決まってるぜ！』

『べ、別に大したことをしたわけじゃ……』

『お兄さん、諦めた方がいいよ。火の精霊は強情だから、いくら言ったって聞きやしない』

『そ、そんな……』

ご主人様呼びされることになってしまったらしい。俺はどうしたものかと頭を抱えた。

『ありえない……人間が、人間が我らを進化させるなんて……新たな闇の上級精霊が生まれたことは感じ取っていたがまさかこういう事だったなんて……』

俺の横では、土の精霊が未だに放心状態に陥っていた。

それを無視してアリファーンが尋ねてくる。

『ご主人様、そいつらとは契約するのか？』

『えっ？』

『おっ、君良いこと言うね！　お兄さん、僕とも契約してよ』

戸惑う俺に、風の精霊が生き生きとした表情を浮かべて言った。

『い、いいのか？』

俺としては契約してくれると嬉しいが、二人はあまり俺のことを信頼していなそうだったし……

『もちろん！　下級精霊と契約を結べたことで君が僕たちの味方ってわかったし、こんなの見せられちゃ、契約しない方が損でしょ！』

風の精霊はぐっと親指を立てる。

だが、下級精霊と違って、上級精霊に俺と契約するメリットはあるのだろうか？

俺の表情からその考えを読んだのか、風の精霊が得意げな顔になる。

『進化はしないけど、力は強まると思うよ。契約者の強さがその精霊の強さに直結するから』

『そうなんだ。知らなかった……』

世の中、まだまだ俺が知らないことばかりのようだ。

『で、僕とも契約を結んでくれるよね、お兄さん！』

風の精霊が待ちきれないとばかりに顔をぐっと近づけてくる。思わずのけぞる。

『あ、うん、いいよ』

『やった！　これで僕の力も強くなる……！』

キラキラした瞳で見つめられて、俺は苦笑するしかない。

名前を考えないとか。風、風か……

『ヴィエント、はどうかな？』

『わっ、良い名前だね！　ありがとう！』

喜んでもらえたらしい。

次の瞬間、ヴィエントの体が緑色に強く光る。一瞬のうちに彼の黄緑色の髪が少しだけ伸び、色も濃くなったように見えた。

『へぇ、ここまで強くなるなんて想定外だったよ。これはすごいね……』

すっと目を開けた彼は大人びた雰囲気を帯びていた。

相変わらず小さな男の子の姿ではあるものの、神々《こうごう》しさが加わった気がする。

『これからよろしくね』

『もちろん！　よろしくね』

俺の言葉にヴィエントが元気よく頷く。見た目が変わっても中身は変わらないらしい。

俺は少しだけほっとした。

その時、すぐ隣から期待するような眼差《まなざ》しを向けられていることに気付く。

『君も、僕と契約するの？』

『う、うむ、お主がどうしてもと言うなら契約してやるに吝《やぶさ》かでないぞ』

土の精霊が目を逸らす。その様子に、ヴィエントが意地悪な笑みを見せる。

『ねぇ、知ってる？　僕とアリファーン、それに光と闇の精霊も彼と契約している。アクアは残念ながら前の契約者から自由になれてないから仕方がないけど、あとは土の精霊だけが彼と契約できてないんだよ？』

『ぐぬっ』

土の精霊が変な声を漏らす。そ、そんなに契約した方がいいのか……？

俺が困惑しているうちに、土の精霊は目を逸らしたまま呟く。

『我と……契約、してくれない、か？』

『あ、ああ！』

俺は思わず叫ぶように承諾していた。

これで水以外の上級精霊と契約したことになる。

ルミエとマレフィがおらず、外神を倒すために猫の手も借りたい今、土の精霊が契約してくれるのはありがたかった。

『名前か……どうしようかな』

『別に適当でいいんじゃない？　お兄さんのこと、最初すごく警戒していたんだから』

『お、おいっ！』

俺が悩んでいると、ヴィエントが茶化すように言う。その言葉を聞いた土の精霊が慌てた表情を浮かべているのがなんか面白い。

ヴィエントは子供っぽいが周りが良く見えていて、土の精霊は頑固者だがこういうからかいに弱いのだろう。

だんだん二人の関係性がわかってきた。

『うーん、テッラ、なんかどう？』

『ふんっ、まああいいじゃないか』

俺がなんとか絞り出すと、土の精霊は目を逸らしたまま軽く頷く。

すると、今度は黄色い光が彼から一瞬だけ発せられる。

そして光がやんだ時……

『何も、変わらない……？』

俺は呆然と呟いた。

ヴィエントは少しだけでも変化があったのに、テッラは特に何かが変わった気がしない。だが、慌てている俺をよそに、ヴィエントとアリファーンは興味深そうに頷いている。

『……へー。土の精霊はドワーフを模したと言われているから、力が強くなったところで大して見た目が変わらないんだろうね。ドワーフは長寿で、一度大人になってしまえばそれ以降ほとんど変化がない種族だから』

『見た目は変わらないが、テッラから凄まじい力を感じるな。さすがご主人様だぜ』

『良かった、てっきり何か失敗したのかと思ったよ』

ただでさえ、俺……というか、人間に対して良い印象を持っていなそうなテッラとの契約が失敗したら、一生信頼されなかったかもしれない。

成功して良かった。

『感謝する、主《あるじ》よ。我は以前より明らかに強くなれたようじゃ』

『それなら良かった。でも、主はやめようか？』

俺の言葉にテッラは目を見開いて固まる。

そして。

『ふむ、じゃあ、名前を教えるのじゃ。でないと呼べないのじゃから』

『そういえばお兄さんの名前聞いてなかったね！　教えてよ』

テッラとヴィエントの言葉に今度は俺が固まる番だった。

え、俺の名前知らないの？　わざわざ俺に会いに来たのに？　だから最初お主って呼んでいたの？

色々な疑問が頭の中を巡り思わず黙り込む。

『大丈夫か？　ご主人様』

『あ、うん、大丈夫だよ。ちょっとびっくりしただけで』

『良かったぜ。俺もご主人様の名前知らないから知りたいぜ』

アリファーンが無邪気に言う。アリファーンはわかる、アリファーンは。

でもヴィエントとテッラは……

『いや、ごめんね？　光と闇の上級精霊と契約した人間がいるっていうのは知っていたんだけど、人間の名前なんて興味ないから忘れてしまってさ』

『あ、そういうことか……』

ヴィエントの言葉を聞いて納得する。

精霊と人の感覚はずいぶん違うらしい。悲しいが仕方のないことだろう。

俺は気を取り直すと三人を見て名乗る。

『アルライン・フィル・マークだ。アルラインと呼んでくれ、みんな』

『ご主人様はご主人様だから俺は変えないぜ』

『僕もお兄さんのままかな』

『我はアルラインとでも呼ぶか』

精霊たちは口々に言う。

テッラが一番普通に呼んでくれるようだ。アリファーンとヴィエントは意思を曲げなそうだから諦めた。

『三人とも、ありがとう。これからよろしくね』

『もちろんだぜ！』

『ふふっ、お兄さんのためなら頑張るしかないね！』

『まあ、我もアルラインが死ぬまでの間は力を貸そう』

三人の言葉に俺は笑みを浮かべた。

『それで？　ヴィエントが言っていた頼み事ってなんなんだ？』

俺が尋ねると、ヴィエントとテッラが目を合わせる。

『ああ、それは……』

『光と闇の精霊を捜すのを手伝ってほしいのじゃ』

ちょっともったいぶろうとしたヴィエントの言葉をテッラが奪うように言った。

『ちょっ、おじいさん！　僕の言葉を取らないでよ！』

ヴィエントが憮然《ぶぜん》とする。

『パパッと言わないのが悪い』

『だって――』

『はいはい、そこまで』

なんとなく口論が始まりそうな予感がしたため、二人を引き離す。

仲良いのか悪いのかわからないな、この二人は。

俺はため息を吐くと、二人に告げる。

『言われるまでもなく、僕も二人を捜すつもりだったよ。そして、外神を倒すつもりだ。だから……三人とも、僕を手伝ってくれるかい？』

ルミエとマレフィの契約者は俺だ。

捜すのは当たり前。

そして外神をこのままにしておくわけにはいかない。

そういう思いを込めて三人を見つめると、ヴィエントとテッラは表情を緩めた。

『お兄さんならそう言ってくれると思ったよ。もちろん手伝うさ』

『アルライン一人ではどうしようもないじゃろう。もちろん、手伝うに決まっておる』

優しい言葉に俺は頬が緩むのを感じた。

『ヴィエント、テッラ……ありがとう』

アリファーンもニカッと笑う。

『下級精霊の時にちらっと聞いただけだからあんまり事情はわかってないが、ご主人様が契約している精霊を助けて、その精霊たちを攫《さら》った奴を倒しに行くんだろ？　手伝うに決まってるぜ！』

『ありがとう。アリファーンにはあとで詳しいことを説明するね』

『おう！』

『足引っ張ったらだめだからね、新入り～』

『もちろんだぜ！　てか、ご主人様と先に契約したのは俺だから、新入りは間違っていると思うぜ』

『あ、そうだったね』

『ぷっ』

ヴィエントがアリファーンに言い負かされているのを見て思わず噴き出した。

『あっ、お兄さんに笑われた！』

『誰だって笑うじゃろ』

『確かに』

テッラの返しに、ヴィエントがてへっと笑う。

まるで漫才みたいなやり取り。

ばかばかしいと思うが、ずっと張りつめていた気持ちがすっと解けていくよう。厳しい表情を浮かべていたテッラも、口元が微かに笑っていた。

彼らと一緒なら、きっと外神を倒してルミエとマレフィを救い出せるだろう。いや、絶対に救い出してみせる。

仲間たちの存在を心強く思いながら、俺は、固く誓った。

第四話　光《ひかり》の愛《いと》し子《ご》

王国に戻ってきた翌日。

「アルくん！　会いに来ちゃった」

「シル。いらっしゃい」

ノックの音で扉を開けると、そこにいたのはシルだった。

昨夜は精霊たちと話していて寝るのが遅くなったため、俺が起きたのは昼前。

すでに父上と兄上は出かけていて、母上と義姉上は王妃様とのお茶会に行ったようだった。

一人でいたところにシルが訪ねてきたため、俺は彼女と彼女とともに来たメイドを招き入れて紅茶の準備をする。

「アルくんったら。この子は私が小さい時からついてくれているメイドで信頼できる子だから、お茶くらい任せてもいいのに」

苦笑しながら言うシルに俺は首を振る。

「君に万が一のことがあったら僕は本当に後悔するからね。僕のわがままだけど、しばらくは付き合ってくれると嬉しい」

貴族たちがどういう理由で反乱を起こそうとしているかわからない以上、俺が信頼できる人間以外の者が触ったものはできる限り口にしたくなかった。

実際、父上も同じ考えなのか、ここには王城のメイドはおらず王都のマーク侯爵家から連れてきた使用人しかいない。今は母上たちについてその使用人たちも出払っているが。陛下がメイドをつけてくれると言ったそうだが、断ったらしい。その中に反乱を起こそうとしている貴族からの刺客《しかく》がいる可能性を否定できないからだ。

俺の言葉にシルがぱっと顔を赤らめる。

「っ……いいけれど。アルくんが淹《い》れてくれたお茶を飲めるのも嬉しいし……」

「よかった」

シルの様子に微笑む。

彼女は俺に見られているとわかると、目を逸らしてお茶に手をつけた。

一口飲んだ途端に驚きの表情を浮かべる。

「とっても美味しいわ！」

「よかった。自分で淹れることなんてほとんどないから少し緊張した」

シルが目を見開く。

「そうなの？　とても淹れ慣れているように見えたけれど……アルくんって本当に器用なのね」

「たまたまさ」

「ふふっ、誰もがこんなに美味しく紅茶を淹れられるわけじゃないのよ？」

シルが声を立てて笑う。

こちらに帰ってきて安心したのか、帝国にいた時よりずっと顔色が良くなっていた。

ふと傍にいたヴィエントが呟く。

『この子……光の愛し子だね』

『光の愛し子？』

聞き慣れない単語に首を傾げると、ヴィエントが目を見開く。

『まさか、知らなかったの？　ずっと光の精霊と契約していたのに？』

『え、うん、知らないけど……』

俺が知らないことがそんなに不思議だろうか？　しかもなぜここでルミエ？

テッラが呆れた様子で髭を撫でる。

『どうせ、光の精霊が勝手に力を貸したのじゃろう。アルラインの婚約者だからという理由で』

『ああ、なるほどね。それは確かにありそうだ』

ルミエがシルに力を貸していた……？

なんとなくテッラとヴィエントに聞くと話が長引きそうだと感じて、アリファーンに目を向ける。

『アリファーン、なんのことかわかる？』

『愛し子というのは精霊に愛されて、力を貸してもらってる人間のことを指すはずだぜ』

お、アリファーンも知っているらしい。

精霊の常識なのだろう。俺は聞いたことがないから人間は知らないのだろうが。

『力を貸してもらったらどうなるの？』

『力を貸し与えた精霊によるが、火の精霊だったら火属性魔法が得意になるはずだぜ。膨大な魔力を与えられて、普通なら使えないレベルの魔法も使えるようになる。もちろん、与えられた魔力を使いこなせるように努力する必要はあるけどな』

『つまり、シルは光の上級精霊であるルミエから魔力を与えられていたから、光の魔法が得意だったってこと？』

『その通り』

つまり、ルミエが連れ去られて、普段貸し与えられていた魔力がなくなったために光属性の魔法がほとんど使えなくなってしまった……？　でも、シルは風の魔法も使えるから魔力が完全になくなったわけでは……

『ご主人様が考えていることは大体わかるぜ。だが、精霊が与える魔力はご主人様が考えているより遥かに多い。愛し子は精霊が与えたその膨大な魔力を使いこなすために、普通とは異なるやり方で魔法を発動している。だから、貸し与えられていた魔力がない状態では魔法を使うことができないんだ』

『普段多すぎる魔力を使っているから、少ない魔力では魔法を放てない、ということか？　でも……』

魔力が少なくなって魔法の威力が低くなるならともかく、魔法自体が使えないのはおかしいような……？

『魔力量が多いと荒いイメージでも魔法が放てるんだ。ただ、威力については抑える努力をする必要がある。じゃないと魔法の威力に術者自身が耐えられないからな。だが、今まで使っていた魔力がなくなれば？　普通の人間の魔力量で、荒いイメージのまま、しかも魔法の威力を抑えるよう意識してしまえば魔法が放てないのも当たり前さ』

『蛇口《じゃぐち》を捻《ひね》ったら水が多すぎたから、少なくするために締めて調節したけれど、水量が減ってその状態では水が出なくなってしまった、みたいな……？』

『そう、その通りだ』

アリファーンの話が本当なら、シルに少ない魔力でも魔法を使える方法を教えればこの件は解決するだろう。魔力量自体が少なくなったから魔法の威力は多少弱くなるだろうが、それでも使えるようにはなるはずだ。

「アルくん？　どうかした？」

傍《はた》から見たら黙り込んでいるようにしか見えなかったのだろう。

シルが不安そうな表情を浮かべる。

「ごめん、ちょっと考え事してた」

「考え事？」

シルが首を傾げる。

「シル、今から行きたいところがあるんだけど、一緒についてきてもらってもいいかな？」

†

「なんで訓練場に来たの？」

俺たちが移動した先は王城にある騎士団の訓練場だった。

唐突に連れてこられたシルは不思議そうな表情だ。

それはそうだろう、騎士団の訓練場なんて王女様に縁がある場所ではない。だが、今からすることにはここがぴったりだった。

「シルが光属性の魔法を使えなくなった理由がわかったんだ」

「えっ……？」

突然言われても理解ができないのだろう。

しばらく固まった後、グイッと身を乗り出してきた。

「そうなの⁉　元に戻る⁉　私はどうしたらいいの⁉」

魔法が使えないことが相当気になっていたようで、いつもの落ち着いた様子は一切ない。

このままだと話せない……！

「シ、シル、落ち着いて。ちゃんと説明するから」

「あ、ご、ごめんなさい……つい、焦ってしまって……」

俺がなだめると、シルはシュンとして俺から少し離れる。その様子に俺は笑みを浮かべた。

「気持ちはわかるから謝らなくて大丈夫」

「ありがとう……」

まだ少し落ち込んでいるシルに、俺はもったいぶらずに理由を教えることにした。

「シルが魔法を使えなくなったのは、シルが『光の愛し子』だったからなんだ」

「『光の愛し子』？」

「『光の愛し子』というのはね――」

俺はさっきアリファーンから聞いた話をそのまま伝える。

シルは俺の秘密を全て知っているため、普通なら知り得ないような話をしたところで今更驚くことはない。

俺の説明で自分が魔法を使えなくなった経緯は腑《ふ》に落ちたようだけど、説明が終わった時、シルは呆然とした表情を浮かべていた。

「まさか、私が魔法を使えなくなった理由がルミエ様が私に力を貸してくれていたからだなんて……」

「今日ここに連れてきたのは、訓練で怪我した騎士たちを治療することで、少ない魔力量で光属性魔法を使う方法を学んでもらおうと思ったからだよ」

「普通の魔法の使い方ってことかしら？」

「そう。シルはルミエが力を貸してくれた状態でしか魔法を使ったことがないから、今魔法が使えない。でも、普通の魔法の使い方を学べばルミエがいなくても使えるようになるはずだ」

「わかったわ……！　私、頑張る！」

俺の言葉にシルの表情が明るくなる。やる気があって良いね。

俺は笑みを浮かべると、ちょうど訓練で倒れた騎士を指さす。

「それじゃあ、彼から治療していこうか」

「ええ！」

†

「はあ、はあ、はあ。な、なんでできないの……」

練習を始めて数時間後、シルは疲れ切った様子で座り込んでいた。

今の今まで一度も治癒魔法は発動できていない。時々手元がぼんやりと光るもののそれだけで、俺は頭を抱えてしまった。

「うーん、どうしたものか……」

正直ここまで手こずるとは思っていなかった。

今までできていた魔法だし、いくら魔力量が違うとはいえ、すぐにできるものかと思っていたのだ。

『そんなわけないじゃろう。今まで相当難しい方法で魔法を使っていただけに、簡単な方法で魔法を行使することが段違いに難しくなってしまってるんじゃ』

『うーん……』

テッラの言葉に唸《うな》ることしかできない。

『アルラインは魔法を使ううちに魔力量が増えていったようだからともかく、その女子《おなご》は唐突に光の精霊の力を貸されて魔力が膨大に増えたんじゃろう。無意識にその膨大な魔力の扱い方ばかり練習したと考えれば、少ない魔力量で魔法を使うことなんて無理に決まってるのじゃ』

『なるほどな。それはそうだ』

だが、理由がわかったところでそれをどうしたらいいかはわからない。頭を抱えていると息を整えたシルがため息を吐く。

「魔法ってこんなに難しいものだったのね……今まで私が光属性の魔法を使えたのはルミエ様がいたからであって、私の力じゃないのかしら……」

落ち込んだ様子のシル。だが、それは違う。

「シル」

「ん？　なぁに？」

座り込んでいるシルの傍《かたわ》らに膝をつき、顔を覗き込む。

ラベンダー色の瞳が不思議そうに揺れる。

「そもそも、精霊に好かれるのは並大抵のことじゃない。相性が良くて、しかも好かれるだけの何かがなければいけない。光属性を使える人がみんなルミエから力を得ているわけじゃないだろう？君がルミエから得たのは魔力であって魔法じゃない。彼女に好かれなくても、シル自身は光属性の魔法を人以上に使いこなせたはずだよ」

「でも……」

「それに」

言いかけたシルを遮り、まっすぐ見つめる。

「精霊から力を与えられたと言っても、努力しないとその力を十全に使えるようにはならない。シルは確かにルミエが貸した魔力を使っていたんだろうけど、それを使いこなせていたのはシルの努力のおかげさ」

「そう、なのかな……」

シルの表情が少しだけ和らぐ。

そもそも、精霊が与える魔力量は膨大だ。普通の人間であれば与えられたところで、その力を使いこなせずに自滅する可能性すらある。

だが、精霊はそこまでは考えない。

ただ自分が気に入った相手に、善意で力を貸しているだけだから。

好きな相手に勝手に力を貸すことで彼らなりの親愛を表しているのだ。それが人間にとって迷惑になろうとも、精霊が理解することはない。

俺はどれだけ大きな力を与えられても、神様たちがくれた加護のおかげでどうにかできてしまうからあまり考えたことはなかった。

でも、愛し子の話を聞いてから精霊の純粋な残酷さに気付いた。精霊に愛されたがゆえに破滅する人間はきっといるだろう。

だからこそ、ルミエの力をしっかり使いこなせるように努力したシルは、普通の人より圧倒的に努力家だし、優秀だ。

そう説明すると、シルが照れたような表情を浮かべる。

「私はただ、冒険者ギルドに初めて行ったあの日、私をかばってくれたアルくんの隣に立つのにふさわしい人間になれるよう頑張っただけなのだけど……」

「えっ……？」

確かにシルと出会ったのは冒険者ギルドで、その時にガラの悪い冒険者たちに絡まれていたシルを助けたが、彼女が魔法を頑張った理由は俺の横に立つためだった……？

「まさか」

「本当よ。あの時のアルくんは本当に格好良くて、私は一目惚《ひとめぼ》れしてしまった。だから、もしまた会えた時に隣に立てるようにっていっぱい魔法を練習したわ。思った以上に早い再会で、あまり変わらなかったけれど……」

「シル……」

シルが微笑む。

その表情は大人の色気を湛えていて、俺は思わずごくりと喉を鳴らした。だが、その雰囲気は唐突に破られる。

俺の傍にいたヴィエントが茶化すように割って入ってきたからだ。

『おっ。お兄さん、もしかしてオオカミになっちゃうのかな？』

『なるわけないでしょ!?』

『やれやれ、最近の若者はすぐに恋だの愛だのと……今はそんな場合じゃないとわからんのかね』

『テッラまで!?　だから違うって！』

『俺はご主人様を応援するぜ』

『アリファーン……？』

『ひえっ!?　な、なんかすみませんっ！』

アリファーンを睨みつけると体を震わせて逃げていく。

なんでどいつもこいつもすぐ茶化す。せっかく良い雰囲気だったのに台無しだ。

精霊を見ることができないシルがこてんと首を傾げているから、なんでもないよという風に笑ってみせる。

「シルがそんな風に思っていてくれただなんて知らなかったな。嬉しい。ありがとう」

「ふふっ、これからも婚約者としてよろしくね」

ちょっと上目遣いでこちらを見るシル。うん、小悪魔だね。

鼓動《こどう》が若干速くなるのを感じながらも、なんとか平静を装う。

「もちろんだよ。それじゃあそろそろ練習に戻ろうか」

「あっ……忘れるところだったわ」

ハッとした表情を浮かべるシル。そう、このままではちょっとの練習と雑談で終わってしまう。

さっきから練習に付き合ってくれていた騎士たちもこちらを見ていた。

「そうだなぁ、どうしたらできるようになるか……」

『まず、今までの感覚は全て忘れた方が良いよ。そのうえでいつも自分が使っている魔法が起こす現象をイメージする。そこからだ』

唸っていると俺の背後にくっついていたヴィエントが口を挟んでくる。

なんか珍しい気がする、あんまり人間に興味なさそうなのに。

そんなことを考えながら、シルにそのまま伝える。

「今までの感覚を全部忘れるのね……んー……」

シルはそう言って立ち上がると、目を瞑って手を前に出す。

眉間に皺を寄せながら唸る姿はなんとも微笑ましい。その様子を見ていると、ヴィエントが監督さながら指示を出してくる。

『お兄さんが両手握って魔力を流してあげて』

『魔力を流す？』

『うん。自分の魔力が体内でどうやって流れているか掴まないことには、魔法を発動することなんてできないから』

『なるほど』

確かに。普段ルミエが貸していた魔力を使っていたなら、自分の魔力を使って魔法を発動していないことになるのか。

『できるだけ身体中に魔力を通すイメージでやって。ただ魔力を渡すだけだと光の精霊と変わらないからね』

『わかった』

アドバイスを受けて、俺は目を瞑ってムムッと唸っているシルに近づく。

「シル、ちょっと触るね」

「えっ、アルくん!?」

ヴィエントに言われた通りに両手を握ると、シルがあわあわする。

「魔力を流すだけだから。落ち着いて」

「う、うん……！」

なだめるように言うと、シルが徐々に落ち着いていくのがわかった。

ドク、ドク、ドク、ドク。

規則正しい鼓動を感じながらゆっくり魔力を流していく。

「あ、できそう……」

シルの呟きとともに俺の両手が熱くなるのを感じる。そして――

「わ……」

さらに両手が熱くなり、俺とシルを中心に眩い光が円状に広がった。

「あっ、傷が治っていく……」

「結構深かったのに……！」

「王女殿下ってこんなにも治癒魔法が得意だったのか！」

光を浴びた騎士たちがそれぞれ感嘆の声を上げた。どうやら訓練で負った傷が全て治ったようだ。

『ほぉ……』

背後で黙って見ていたテッラまでも声を漏らした。

やがて、徐々に光は収まっていき――

「あ、なんか、力抜けちゃったみたい……」

「おっと」

光が完全に消えた途端倒れそうになるシルを、慌てて支える。彼女はへとへとな様子でありながらも笑みを浮かべていた。

「やっとできた……」

「お疲れ様。もう習得できたただなんてさすがだね」

「ふふっ、アルくんのおかげだよ。ありがとう」

俺が微笑むと、シルは安堵のため息を吐く。

魔眼で状態を確認すると、魔力が尽きかけている状態だった。

『さすが、光の精霊に好かれた人の子じゃな。この調子なら光の精霊がいなくてもすぐに以前と同じくらいの魔法が使えるようになりそうじゃの』

『おじいさんの言う通りだ。この魔力量は人間にしてはすごいね。むしろ光の精霊がいない方がすごい魔法使いになるんじゃない？』

『精霊の魔力量を抑えるためにまた魔力を使ってたじゃろうから、それがなくなれば確かに強力な魔法使いになるかもしれんな』

『やっぱり、シルは才能があるよね』

テッラとヴィエントの感心したといった言葉に、俺は自分が褒められたような誇らしい気分になる。

そんな俺にテッラがジト目を向けてくる。

『アルラインを褒めたんじゃないぞ』

『わかってるけど、婚約者が褒められたら嬉しいに決まってるでしょ』

『そういうもんかね』

はぁ、とため息を吐かれる。

そんなに変なことを言っているつもりはないんだが。と、唐突にシルに袖を掴まれる。

「どうかした？」

「あっち……」

シルが指差す方を見ると……

「アルくん！　シルティスク殿下！」

「義姉上……なんでここにいるんですか」

そこにいたのは義姉のリエルだった。

小走りで近づいてきた彼女に半眼になるが、義姉上は俺を華麗《かれい》に無視してシルに向かってカーテシーをする。

「シルティスク殿下、ごきげんよう。お久しぶりです」

「リエル嬢、ごきげんよう。お久しぶりですね」

突然の義姉上の登場にシルは動揺することもなく、余裕の笑みで挨拶を返す。義姉上の方が二つも年上なのにシルは大人だなと思いながら、俺は義姉上に呆れた目を向けた。

「それで？　なんでこんなところにいるんですか」

「いいじゃない、私だって騎士の訓練が気になることもあるのよ。アルくんこそ、シルティスク殿下とこんな場所でデート？　色気がなさすぎるんじゃない？」

義姉上のちょっと非難がましい言葉を聞き、俺はため息を吐く。

「デートじゃないですよ。魔法の練習のために来ただけです」

「あーそういうことだったのね！　それなら納得だわ！」

満面の笑みを浮かべる義姉上。騎士団員たちがいるとはいえ、せっかく二人の時間だったのに、義姉上の登場でそれが終わってしまい内心でがっかりする。

その時、第二の声がした。

「リエル嬢？　こんなところでどうなさったのですか？」

義姉上がぱっと顔をほころばせ、持っていた紙袋を現れた人物に手渡す。

「ダーク様！　ちょっと時間ができたので差し入れを持ってきました。良かったら皆さんで食べてください」

「いつもありがとうございます。でも、ご迷惑では……」

ダークが困り顔になる。それに対して義姉上は笑みを浮かべる。

「私が好きでやっていることなので気にしないでください。殿下にもよろしくお伝えくださいね」

「はい、もちろんです」

この二人、いつの間に仲良くなったんだ？　ダークが義姉上を助けたのは知っているが、こんな仲とは聞いていない……

俺が義姉上の背後から顔を出すと、ダークが驚いた表情を浮かべる。

「アルライン様!?　と、王女殿下!?」

俺の隣にいるシルの姿を見た瞬間、ダークは勢いよく膝をつき頭《こうべ》を垂れた。

「ご挨拶をしないままで申し訳ございません。ご無礼をお許しください」

「いいのですよ。顔を上げてください」

「ありがたきお言葉」

ダークが顔を上げる。その表情は主を前にした騎士そのもの。俺の知らぬ間に騎士としての振る舞い方までも身につけたらしい。

シルが困ったように微笑む。

「そんなにかしこまらなくて良いのですが……」

「そういうわけには」

ダークの堅い言葉を受け、シルが助けを求めるように俺の方を見る。

「ダーク、僕もシルも魔法の練習でここに来ただけ。今はそこまで礼儀を気にしなくていい」

「はい」

苦笑しながら告げると、ダークはようやく立ち上がった。

「それで、二人はいつの間にそんな仲に？」

「えっ？」

俺の質問にキョトンとするダーク。義姉上が慌てたように言う。

「べ、別に私が時々差し入れを持ってくるだけよ！　大した関係じゃ……！　助けてもらったし……」

「ふーん？」

顔を真っ赤にして慌てる義姉上。

何か隠しているような気がするが、ダークのことが好き、という感じもしない。

ダークの方に目を向けると、彼は困ったように頬を掻《か》く。

「まあ、色々ありまして」

「ダーク様⁉　そんな風に言ったら……！」

「でしたら、リエル様がいらっしゃるたびにアルライン様のことを……」

「わーわー！　内緒にしてって言いましたよね⁉　ダーク様のバカっ！」

ダークの言葉を義姉上が全力で遮った。

お転婆《てんば》な義姉上らしいが、騎士を叩くのはどうかと思うよ……？

というかダークの言葉の続きが気になる。俺のことを……なんなのだろうか。首を傾げる俺の隣でシルが納得したように頷いていた。

「シル？　どうしたの？」

「あ、リエル嬢がダーク様に会いに来ていた理由がわかったから」

当事者らしき俺ですらわからないのに、シルはわかったらしい。余計に気になる。

「わかったの？　教えてほしいな」

「それは――」

「シルティスク様、言っちゃだめです‼」

今度はシルの言葉を全力で遮る義姉上。どうしても俺には教えたくないらしい。

疑問に思っていると、俺の周りでは精霊たちが騒いでいた。

『お兄さんのこれってきっとあれだよね』

『アルラインはモテモテじゃな』

『ご主人様！　さすがだぜ！』

何か勘違いしている精霊たち。

義姉上が俺を弟として好きだとしても、男として好きなわけがない。

ため息を吐いて告げる。

『三人ともそろそろ本気で怒るよ？』

『お兄さんこわーい』

『怒りは身を滅ぼすと習わなかったのかね』

『ひぃっ』

アリファーンの素直な反応だけが救いである。ヴィエントはすぐに茶化すし、テッラは俺が何を言っても「若者だから～」という反応をするから困ったものだ。

なんだろう、精霊はその見た目に精神年齢が引っ張られるのだろうか。それとも精神年齢に見た目が引っ張られるのだろうか。

俺はなんとなくいたたまれなくなり、未だ騒いでいる義姉上と困った表情のダークを尻目にシルに声をかける。

「シル、そろそろ部屋に戻ろうか？　疲れただろう？」

「ええ、そうね」

シルが頷くと、義姉上がえっと驚いた声を上げる。

「アルくん行っちゃうの？」

「義姉上はあとでまた会えるじゃないですか」

ため息を吐くと、義姉上がはいっと手を挙げる。

「じゃあ私も一緒に戻る！」

「シルを送っていくから途中までになりますけど、それでもいいなら」

「ええ！」

俺の言葉に義姉上は嬉しそうに頷く。

俺の隣にピタッとくっつく義姉上。

昨日も思ったが、いつになったらこのブラコンは治るのだろう？

内心呆れながらも、自然と笑みが浮かんでしまう。自分のことをこんなにも大切に思ってくれる義姉上はちょっとうっとうしくてもありがたい存在だ。

ダークの方を見る。

「そういえば、シルヴェスタ殿下と義姉上、それに母上を守ってくれた礼を言ってなかったね」

「いえ、私は自分の使命を全うしただけですので……」

首を横に振るダーク。謙虚である。

「ダークのおかげで色々助かったよ。ありがとう。騎士団長になんかなってしまって申し訳ないけど、しばらくはシルヴェスタ殿下のことを頼む」

「はい。お任せください」

胸に手を当てるダークの姿は、俺と主従を結んだ時と重なって頼もしい限りだった。

「それじゃあ、シル、義姉上、戻ろうか」

「ええ」

「久しぶりにアルくんと一緒に寝てもいい？」

「リエル嬢、アルくんは私の婚約者なので控《ひか》えてください」

「シルティスク殿下、妬《や》いちゃったんですか？」

「そんなわけないでしょう。常識的に考えて、です」

「残念ですがそう言われたら仕方がないですね」

シルと義姉上の会話に苦笑しながら、俺は訓練場を後にしたのだった。

第五話　ダークと魔剣《まけん》

「アルライン様も罪な男だよな……」

アルラインとシルティスクとリエルが訓練場に現れてから数日後。

ダークは訓練場で剣を振っていた。

思い出されるのはリエルが相当アルラインのことを好きとアピールしているのに、アルラインがそれに全然気付いていない様子……いや、気付いていなくはないが、恋愛対象としてではなく、ただ義弟大好きな困った義姉、という風に見ていること。

（リエル嬢はあんなに必死にアピールしているのに、気付いてあげないのはかわいそうだと思うんだが）

ダークはリエルから度々アルラインのことで相談を受けていた。

ダークと一緒にいる時のアルラインはどんな様子なのか、主としてのアルラインはどうなのか。そんなたわいない質問からアルラインが全く好意に気付いてくれない愚痴《ぐち》まで。

（たった一回、命を救っただけの人間に対し、あそこまであけすけに話していいのかと不思議に思うが）

リエルに、アルラインの家族には見せない一面を知っている人、という認識をされて、命を救ったということもあって懐かれているのは確かだった。

この国は一夫多妻制。

しかもアルラインとリエルは本当は姉弟ではなく従姉弟《いとこ》。アルラインさえリエルの好意に気付けば、いくらでも結ばれる可能性はあった——はずだった。

だが。

(もうそんなこともないんだろうな)

訓練場での出来事の少し後、ダークはいつものように訪ねてきたリエルから衝撃的な話を聞いた。

リエルにとってはまさに青天《せいてん》の霹靂《へきれき》。

今頃リエルは落ち込んでいるはず。ダークは己の無力さを感じるが、リエルのために何ができるわけでもない。行き所のない気持ちを消すように、一心不乱に剣を振る。

その時だった。

「騎士団長、お手合わせ願えますか？　もちろん、騎士団長対私たちで」

ダークの前にずらっと並ぶ、剣を持った三十名の騎士たち。

それはダークが団長を務めるシルヴェスタ王子の専属騎士団〈ブルー・アイ〉のダークを除いた全員だった。

ダークはまたか、とため息を吐いた。

(貴族でない俺が団長となったことに不満があるのはわかるが、よく毎日毎日飽きもせず絡んでくるよな)

ダークは訓練と称してなんとか自分を倒そうとしてくる団員たちを、内心面倒くさいと思っていた。

それも当たり前だ。

一対三十という明らかにダークが不利な状況であったとしても、彼らは誰一人としてダークに傷一つ負わせることができないのだから。

暗殺者として闇ギルドで鍛《きた》えられたダークは相当強い。今のところ、ダークが負けたのはアルラインただ一人。シルヴェスタが誘拐されそうになった際、襲撃者の一人がダークから逃げおおせたが、周囲の目があり彼が迂闊に攻撃魔法を使えない状況で逃げるのと、彼を倒すのとでは難易度が違いすぎるのだ。

ずっと黙っているダークに対し、絡んできたリーダー格の男、ボルト――副団長でどこかの伯爵家の次男らしい――が苛立ちの表情を向ける。

「なんとか言ったらどうですか？　それとも怖気《おじけ》づいたんですか？　団長が？　嘘ですよね」

「一度も勝ったことないくせに何を言ってるんだ？」

ダークが平然と発した言葉でボルトは顔を真っ赤に染める。

「ちっ、平民が偉そうに……！　じゃあ手合わせするんだろうな？」

とうとう敬語すらなくなるボルト。

すぐ血が上るのが弱者たる所以《ゆえん》だが、ダークはあえてそれを指摘しない。

勝負を挑まれているのに、敵にわざわざ弱点を教えるほどお人好しではなかった。

ダークはさっさと終わらせた方が早いと考え、小さく頷く。

「そこまで言うなら手合わせしてやろう。だが、昨日と同じ結果だったらこの後の訓練は覚悟しとけ。私は無駄な手合わせに付き合うつもりはないからな」

「ほざけ。そういつもいつも勝てると思うなよ。こちらだって作戦がある。無様な姿をさらさないようにせいぜい頑張るんだな」

（いつもより明らかに強気だな。本当に対抗策を用意してきたのだろう）

もしかしたら、ようやく楽しい戦いができるかもしれないと、ダークは少しだけわくわくする。

一方的に勝てる戦いほどつまらないものはないのだ。

「楽しみだな」

ダークがにやりと笑うと、ボルトの後ろにいた他の騎士たちが体を震わせた。

それだけ、その笑みが禍々《まがまが》しかったのである。

その様子を楽しみながら、ダークは思いつきで持っていた剣を鞘《さや》に納めた。ダークの行動にボルトをはじめとした団員たちは顔をしかめる。

「ハンデとして今日は素手で相手してやろう。その方が私も楽しめるだろうからな」

「「「「んなっ⁉」」」」

ダークの言葉に唖然とする団員達。

だが、これは実際はハンデでもなんでもない。

なぜなら、ダークの本領は魔法戦闘であり、剣を使うようになったのはアルラインに仕えてからだからだ。それまでは暗殺業ということもあり、使っても長剣ではなく短剣だった。

ダークは長剣よりも、素手での戦闘の方が力を出せるのである。

（今日でこんなお遊び、終わりにしてやる）

圧倒的な力の差を感じれば、喧嘩を売る気も失《う》せるだろう、そう考えてのことだった。

しかし、そうとは知らない団員たちは眉を顰《ひそ》める。そして、ボルトに至っては……

「その余裕がいつまで続くか見物《みもの》だな！」

そう言って歯ぎしりしていた。ダークは団員たちに向かって人差し指を曲げて見せる。

「グダグダ御託《ごたく》を並べていないでそろそろかかってきたらどうだ」

「くっ……全員、かかれ！」

「「「「はっ！」」」」

三十人が一斉にダークに襲いかかる。

だが、ダークは体術のみでかわしたり受け流したりして余裕の表情だ。

「なんだ？　結局いつもと変わらない戦い方か？」

「んなわけっ……！」

ボルトは素早く魔法を唱える。

「巻き上げろ！　〈砂嵐《サンダーストーム》〉！」

「目くらましか。だが、詠唱を唱えるなんてまだまだだな」

ボルトが唱えたのは土属性の初級魔法。

本来であれば詠唱が必要なレベルではないが、ここにいるのは基本的に騎士。魔法適性が低い者ばかりなため、初級でも詠唱が必要だった。

ダークの視界を巻き上げられた砂が覆う。

あろうことかダークはその中で目を瞑った。

(視覚に頼ってばかりでは、暗殺業なんて務まらないからな)

「うおおおおおおお！！！」

「せっかく目くらましをしたのに声を出したら意味がない」

「ぐあっ！」

「ちょっ⁉」

ダークは背後から迫ってきた一人を投げ飛ばす。そいつが他の団員に当たって数人が倒れた音がした。

すると、今度はダークの真上から襲いかかってくる者が。

「はぁ！」

「その漏れ出る殺気をどうにかしろ」

バンッ！

「ごふっ！」

腹部に拳を叩きつけると、すごい勢いで飛んでいき壁に衝突した。

そんな風に相手をすること数分、もうほとんどの団員たちが倒れた頃。

不意に身の危険を感じてダークは宙にジャンプした。

グサッ！

彼が元々いた場所に何かが刺さった音がした。何者かの舌打ちがダークの耳に届く。

（っ⁉　なんだ⁉）

「ちっ、避けられたか」

ボルトの声だった。ダークは砂埃から抜け出して、目を開ける。

「さっきのあの感覚……なんだったんだ？」

初めて感じる不気味な感覚。アルラインを前にした絶望感とも似ていたが、それよりもずっと禍々しい。

徐々に晴れていく視界。そしてダークの目に映ったのは……

「魔剣……？」

「平民のくせによく知ってるな」

黒い光を帯びている剣を携えて、にんまりと笑うボルトだった。

魔剣とは古代遺物《アーティファクト》の一種で、魔力が込められた剣のことを指す。

アルラインは普通の剣に自分の魔力を纏《まと》わせて、疑似的に魔剣を作り出すことができるが、そもそもそんなことができる人間はなかなかいない。

こうしてすでに魔力が込められた古代遺物としての魔剣を使うしかないとはいえ、それでもそんな代物を手にしている時点で普通ではない。

ダークは今までにない危機感を覚え、低い声を出す。

「お前、その魔剣をどこで手に入れた？」

「はっ、これはあのお方がわざわざ与えてくださったものだ！　我が家のために！　全てを変えるために！」

ボルトの様子を見て、ダークは眉を顰める。

（負けすぎてとうとうどうかしてしまったか？　だが、この様子は……）

敗北者のそれではない。むしろ何かを崇めるような雰囲気。

しかし、その何かが考えてもわからない。

ダークにわかるのはボルトが持っているあの魔剣は危険であるということだけ。

「まあ、なんだっていいか。倒せばいいだけの話だ」

「ふっ、お前に魔剣を持った私が倒せるかな？」

にやりと笑ってボルトが魔剣を振りかざし、突進してくる。

ダークは、バックステップで避けながら魔法を唱えた。

「〈黒夢《ナイトメア》〉」

「ぐっ⁉」

急停止するボルト。その目は呆然と虚空《こくう》を見つめ、何も映していない。

ダークが唱えたのは、相手の一番のトラウマを見せる幻覚魔法で、闇属性魔法の中でも上級に位置するものだった。

「ふぅ、とりあえずはこれで……」

終わり、そう思った瞬間。

「ふ、ふははははは！」

「なにっ⁉」

高らかに響き渡るボルトの笑い声。ダークは全神経を緊張させてボルトを見据える。

（黒夢は精神に作用する魔法……普通の人間では破ることなど不可能なはずなのに……）

ダークは自分が汗をかいていることに気付いた。

それだけボルトの笑い声が歪《いびつ》で、底知れない闇を感じたのである。

ボルトはくわっと目を見開くと、口角を上げた。

「この魔剣を完全に目覚めさせたな。礼を言おう」

「なっ……⁉」

（魔剣を目覚めさせた？　どういうことだ？）

だが、考える間もなくボルトはダークに襲いかかる。

「速くなった……？」

ダークは顔をしかめる。ボルトのスピードは明らかに速くなっていた。

「ふっ、当たり前だろう！　この魔剣の力さえあれば……！」

「まあ、それでも使い手が未熟ではどうしようもないが」

ダークは即座にボルトの後ろに回り込むと、首筋に手刀を落とす。

「ガハッ……」

ボルトはそのまま崩れ落ちた。

剣がカランと音を立てて地面に落ちる。

魔剣の力でいくら速くなろうとも、ボルト自身の力量が伴っていないためにダークにとっては大したスピードではなかった。

「ふぅ、これは……なんだったんだ？」

地面に倒れたボルトを見て、ダークは首を傾げる。未だに魔剣からは禍々しい気が漂っていて、触ることすら嫌悪感を覚えた。

しかし、周りには他の団員たちが倒れている。このままにしておくわけには……

「ダーク、どうした？」

そう思った時、訓練場に入ってきた人物がいた。ダークの護衛対象であるシルヴェスタだ。ダークはさっと膝をつく。

「殿下、ご機嫌麗《うるわ》しく」

「そんなかしこまらないで良いといつも言っているだろう」

「はっ」

そう返事をしてダークはすっと立つ。いつものことなのかシルヴェスタは苦笑していた。すでにお互いがお互いに慣れた様子なのが窺《うかが》える。

「これはどういうことだ？」

「私にもわかりません」

シルヴェスタが訓練場のど真ん中に空いた大きな穴を見てダークに尋ねた。

先ほどボルトが魔剣を刺したところだ。だが、聞かれたダークも本気でわからなかった。

いつものように売られた喧嘩を買っただけなのだが、魔剣が出てきて、しかもボルトはおかしくなって。

（はぁ……また、何かに巻き込まれたみたいだ）

アルラインに仕えるようになってから、ダークは圧倒的に巻き込まれ体質になったと感じていた。

暗殺業をやっていた時もそうではあったが、それは仕事だったから何も思わなかった。

でも、今は仕事の最中に予期せぬ問題に巻き込まれることが増えて、なんとなくアルラインの体質がうつったのではないか、そんな風にダークは思っている。

「また、売られた喧嘩を買ったのだろうことはわかるけど、今までこんな風に訓練場が破壊されたことはなかったのに」

シルヴェスタが呟く。それを聞いたダークが頭を下げた。

「申し訳ございません。私もまさかこんなことになるとは……」

「別に良い。訓練をしていればこういうこともあるだろう」

「ありがとうございます」

シルヴェスタはここを直すために使われる騎士団の予算を考えて内心で頭を抱えていたが、それは見せない。

次期国王として、思ったことを表情に出さないよう、教育を受けてきたからだ。

それでも、スタンやシルティスクの前では素の表情が出てしまうあたり、まだ学園を卒業したばかりの若造ということだろう。

「これは君がやったんじゃないんだ?」

「はい、そもそも私には訓練場を壊すほどの破壊力はありませんよ」

「そうだよな。闇魔法は破壊行為には適していないしね」

闇魔法には物理攻撃でなく精神攻撃や、アルラインがダークを倒す際に使った上級魔法の〈闇砲弾《ダークバースト》〉といった物体を消滅させるような魔法が多い。ダークなら破壊よりもこの訓練場を消す方がずっと楽なことだろう。

シルヴェスタは周りの様子を見ながら考え込む。

訓練場に団員たちが倒れており、ダークとシルヴェスタだけが立っているのはよくあることだ。

シルヴェスタもダークが他の団員たちに団長として認められていないことを知っていたが、ダークが気にしておらず簡単に流していたため放っておいていた。

だが、ここまで派手に訓練場が壊れ、かつ、ダークが困った表情をしているのは初めてだ。

シルヴェスタがボルトの傍に落ちている剣に目をやる。

「この剣は？」

「魔剣らしいです」

「魔剣⁉」

シルヴェスタは目を見開く。彼にとって魔剣は初めて見るものだった。

「確かに、なんか嫌な感じがするね」

「ええ、しかもこれを持ってからボルトの様子がおかしくなりました」

「ふぅん、魔剣の性質は今も解明されてないからね。そういうこともあるのかな」

シルヴェスタが興味深そうに魔剣を眺める。

二人の間に沈黙が降りた。

やがて、訓練場の至るところから音が聞こえてくる。

「みんなが目を覚まし始めたみたいだね」

シルヴェスタが呟いた。倒したと言っても気絶させただけ。当たり前だが、徐々に意識が戻ってくる。

シルヴェスタがその様子を見ても何も思わないのは、いつものことだからだ。

ダークがシルヴェスタに問う。

「ボルトはどうしましょう？」

「ひとまずは拘束《こうそく》するしかないだろう」

「別に何か問題を起こしたわけでは……」

シルヴェスタの答えにダークがひどく驚く。しかし、シルヴェスタは首を横に振る。

「ダークがいなければどうなっていたかわからないし、ちょうどさっき、父上からボルトの実家が反乱を起こす準備をしているということを聞いた」

「……なるほど。この魔剣はもしかしたら殿下を殺すために振るわれていたかもしれないと、そういうことですね」

シルヴェスタの言葉を聞き、ダークはすぐに事情を察した。そもそもボルトは敵だったようだ。

ボルトを魔法で縛《しば》り上げながらダークは考える。

（そういえば、陛下がアルライン様に、反乱を企《くわだ》てる貴族たちは突然人が変わったという話をしていたな……まさか、ボルトの様子が突然おかしくなったのも、そういうことだったのか？）

ダークは未だ考え込んでいるシルヴェスタの方を向く。

「シルヴェスタ殿下、ボルトは魔剣を誰かから与えられた、と言っていました」

「っ……!?」

シルヴェスタが再び目を大きく見開く。一瞬でダークと同じ考えに至ったようだ。

「ボルトに魔剣を与えた奴を捕まえれば、反乱を阻止できるかもしれないね」

「私も同じ考えです」

シルヴェスタは少し考えると、やがて口を開く。

「父上に伝えてこよう。その間にダークはボルトを地下牢《ちかろう》に放り込んでおいてくれ」

「かしこまりました」

ダークが頷く。

すると、シルヴェスタが「それと」と付け加えてニヤッと笑った。

「話があるから、ここに戻ってくるように」

「……？　かしこまりました」

ダークは嫌な予感を覚えながらも、シルヴェスタの言葉に頷くことしかできなかった。


「はっ？」

それから少し後のこと。他の団員たちは手当てを受けに出ていき、誰もいなくなった訓練場で、ダークとシルヴェスタは向き合っていた。ダークは口をぽかんと開いて間の抜けた表情を浮かべている。

ダークを戸惑わせている張本人のシルヴェスタは笑顔だ。

そんな主を見てたじたじになりながらダークが尋ねる。

「え、えーっと、なぜ殿下と決闘をする必要が、あるんでしょうか？」

そう、ダークが戸惑っていたのはシルヴェスタから突然決闘を申し込まれたからだった。

ダークからすればシルヴェスタは護衛対象である。それに、見たところ彼は年齢にしては強いが、ダークに敵《かな》うほどではない。

王家の血筋らしく光属性の魔法が得意なので、闇属性の魔法とは相性がいいようだが、それでも暗殺を生業《なりわい》としてきたダークと戦えば負けることは明らかだった。

なのに、なぜ？

ダークが混乱した目で見ると、シルヴェスタは笑みを浮かべたまま答える。

「うーん、君がリエル嬢と仲が良いから、かな」

「っ!?」

（そういえば殿下はリエル嬢のことを好いていたな……）

内心で頭を抱えるダーク。シルヴェスタが明らかに誤解していることに気付いたが、どう説明したらいいかわからず、言葉が上手く出てこなくなる。

「で、殿下？　別にリエル嬢とは特別な仲でもなんでもなくてですね……」

「あんなによく訓練場に来て差し入れまでしていくのに？　特別な仲じゃない？」

「だからですね、それは、違う理由がありまして……」

「違う理由？　じゃあそれはなんなんだ？」

「……」

シルヴェスタの激しい追及に、ダークは思わず黙り込む。

（リエル嬢がアルライン様を好きだと言っていいものだろうか？）

ダークからすれば、リエルの秘密を話すのも気が引けるし、何より主であるアルラインを困らせることになりそうで、簡単には言えない。

だが、その沈黙がシルヴェスタの誤解をさらに加速させてしまう。

「ふーん、言えないんだ？　じゃあ、無理やりにでも言ってもらうしかないよね」

シルヴェスタがスッと鞘から剣を抜いた。それがとても様になっている。

（王子でイケメンってハイスペックすぎないか？）

ダークは現実逃避をするようにそんなことを考えるが、残念ながらシルヴェスタは待ってくれなかった。

「やる気が出ないなら、やる気を出させてあげるよ」

「ちょっ、いきなりすぎませんかね⁉」

「こうでもしないと、君は戦ってくれなそうだからね！」

シルヴェスタが抜き身の剣を持ってそのまま襲いかかってくる。

ダークは慌ててバックステップで回避するが、少しだけ服を切られてしまう。

（いやいやいや、本気で殺しに来てないか⁉）

シルヴェスタは結構執着するタイプだった。基本的に優しく、強引なことはしない性格だが、好きな相手のためならいくらでも頑張れてしまう。そしてプライドが高いため、自分よりあとにリエルと知り合ったダークに彼女を奪われることが我慢ならなかった。

さらに言えば襲撃の時の、リエルを危険にさらしたのが自分であり、助けたのがダーク、という事実にとても耐えられない様子。

彼はこれまでの鬱憤《うっぷん》を晴らすようにダークを倒しに来ていた。

「くっ、しつこい、ですね！」

「そう思ってもらえて光栄だね」

ダークの首筋を執拗《しつよう》に狙うシルヴェスタ。明らかに訓練の範疇《はんちゅう》を超えている。ダークとしては護衛対象に怪我をさせるわけにはいかず、避けることしかできない。

しかも、最初からかなり距離が近かったせいで、上手く間合いが取れずダークにしては珍しく防戦一方になっていた。

だが、そんなダークを見透かしたようにシルヴェスタが叫ぶ。

「手加減する必要はない！　全力で来い！」

そこまで言われてしまえばダークとしては応じるしかない。彼は片手を地面についてその力だけでシルヴェスタの真上に飛び上がると、身体を強引に捻って蹴りを繰り出す。

「仕方のない、人ですねっ！」

「ちっ！」

シルヴェスタがとっさに剣を横に薙《な》ぐ。ダークはその剣筋を捉えて剣の上に一瞬だけ乗り、そのままシルヴェスタから距離を取るように後ろに大きく飛んだ。

「しまった！」

シルヴェスタが焦った声を上げる。

シルヴェスタはダークに至近距離での戦いを強いることで、実力の差をなんとか埋《う》めて優位に立っていた。

しかし、離されてしまえば再び距離を縮めるのは難しい。剣の間合いではなくなってしまったのだ。

「剣がだめなら魔法で……！〈聖槍《ホーリーランス》〉！」

シルヴェスタが光属性の中級魔法を発動する。彼の右手から放たれた光の槍はすごい勢いでダークに迫る。

「さすが王族ですね。ですがこれくらい……！〈黒槍《ダークランス》〉」

「なっ⁉」

ダークが唱えたのは、シルヴェスタの魔法と対極に位置する闇属性の中級魔法。

普通であればほぼ同じ威力で、相殺《そうさい》されるだろうが、ダークが突き出した左手から放たれた真っ黒な槍は巨大で、光の槍と勢いよくぶつかると大きな爆発音を立てて光を呑み込んだ。

「な、なんで……」

呆然とするシルヴェスタ。ダークはそのすぐ後ろに回り込んでいた。

「終了です」

「あっ」

首筋に人差し指と中指を添えて囁《ささや》くダーク。シルヴェスタはやってしまった、という表情を浮かべた。

肩越しにしばし見つめ合う二人。二人の他には誰もいない訓練場に無音が広がる。

ダークはシルヴェスタから目を離さなかった。離したら負けな気がしたのだ。

やがて、シルヴェスタがため息を吐いた。

「私の完敗だよ」

ダークは無言のまま頷くと、そっと指を離す。そして厳しい目を向ける。

「戦闘中に呆《ほう》けてはいけません」

「そうだな」

「あとは魔法と剣をもう少し組み合わせた方が良いでしょう。私相手に近距離戦を挑むのは間違っておりませんが、それは殿下に怪我をさせないよう気を付けていた場合です。でなければ、私の魔法に距離は関係ありません。闇魔法は呑み込む魔法。一瞬で消滅させられます」

「ああ」

シルヴェスタは言葉少なに頷くと、片手に持っていた剣を鞘に納めた。

ダークはその様子を複雑な表情で見つめている。

彼は今でもたまに、アルラインが放った闇属性魔法によって消滅させられた時のことを夢に見る。

(痛みはなかったが、自分の体の感覚がなくなっていきやがて意識が消滅するというのは、痛みよりも怖かったな)

そのおかげでアルラインから新たな体を与えられて、暗殺業からも抜け出せたのだからよかったと言えるのだろう。

しかし、シルヴェスタのこの無謀さは、いつか取り返しのつかない状態でそれを味わう原因になるのではないかと、ダークは気が気ではなかった。

シルヴェスタが悔しそうに呟く。

「負けた以上、もう君とリエル嬢のことに口を挟む権利は私にはないいな」

「あっ」

ダークが声を上げると、シルヴェスタが首を傾げる。その表情は自虐《じぎゃく》的で、何か文句があるのか、と言いたげだ。

誤解は解いておかないといけない。

（リエル嬢、アルライン様、申し訳ございません）

心の中で呟くと、ダークは意を決して口を開いた。

「殿下、私とリエル嬢は決してそのような関係ではございません」

「だが……」

「リエル嬢が差し入れを持ってきてくださるのは、私にアルライン様のことを聞きたいからです」

「えっ……？」

シルヴェスタは目を見開く。ダークの言葉でリエルがアルラインのことを好き、という考えにすぐに至ったようだ。

「う、嘘だろ？　だって二人は姉弟で……」

「正確には義姉弟です。お二人は従姉弟。そして従姉弟との結婚は認められておりますから」

ダークの言葉にシルヴェスタはあっ、という表情を浮かべた。

「そういえばそうだったな。それじゃあ僕は……」

「全然関係ない男に当たったということになりますね」

「〜〜っ!!」

ダークが断言すると、シルヴェスタは声にならない悲鳴を上げた。そして、バッと頭を下げる。

「す、すまない！　そうとは知らなくて……！」

「あ、頭をお上げください！　殿下が護衛に頭を下げるなどあってはなりません！」

唐突なシルヴェスタからの謝罪に、ダークは慌てる。

だが、シルヴェスタは頭を下げたまま告げる。

「間違って迷惑をかけた時は謝るのが人としての道理だろう。それは王族だろうと関係ない」

「はぁ……」

シルヴェスタの頑なな態度にダークはため息を吐く。

(これはいくら言っても頭を上げてくれないパターンだな)

しかし、こんなところを他の人に見られたら困るのはダークである。彼はさっさと頭を上げてもらうべく、半《なか》ば投げやりに頷いた。

「許しますから！　というか、そもそも気にしていませんから！　誤解は解かないとと思っただけなのでもう頭をお上げください」

「ありがとう。本当にすまなかった」

「もういいですって」

頭を上げてもなお謝ってくるシルヴェスタに、ダークは呆れた。

(王子として偉ぶらないところはこの方の美点だが、王族としての自覚が少々足りないとも言えるよな……まあ俺が言うことではないが……)

若干将来が心配だと思いながらも、それをダークが口にすることはない。

シルヴェスタは落ち込んだように言う。

「そうか、アルライン卿か……結局私では勝てない相手なのか……」

（まあ、確かに。アルライン様はそもそも神様に認められたお方。一生お金に困ることはないだろうし、妻となる人間は大変だが絶対に幸せになれる。そんな相手にいくら次期国王といえど勝てるわけがない）

彼の正体を知らずとも誰もが思うことだった。アルラインはなんでも持っているし、ルックスも良い。そんな相手の妻になれるなら、たとえ側室でも希望者が殺到することだろう。

だが——

「リエル嬢がアルライン様のことを好きなのは確かですが、その恋は諦めないといけないようですよ」

ダークの言葉にシルヴェスタはバッと顔を上げる。その瞳の奥には疑うような、期待するような複雑な気持ちが見て取れる。

「どうしてだ？　二人は仲が良いし、義理の姉ともなればシルティスクも止められないだろう。それなのに諦める理由は？」

ダークは息を吐くと、シルヴェスタの目をまっすぐ見つめて言う。

「リエル嬢が来年には領主になられるからです」

「っ!?　どういう、ことだ。リエル嬢が領主……？」

ダークの言葉にシルヴェスタは息を呑む。ダークは淡々と告げた。

「リエル嬢は――」

第六話　リエルとシルヴェスタ

「どういう、ことですか、お義父様」

リエルはエルバルトから告げられた言葉を聞き、立ち尽くしていた。

遡《さかのぼ》ること数日前。

アルラインが帝国留学から帰ってきて、シルティスクと訓練場に現れた翌日。

リエルは、マーク侯爵家のためにあてがわれた王城のフロアの一角にあるエルバルトの部屋で、エルバルトから衝撃的な事実を聞いていた。

「今言った通りだ。お前の御父上、ジェラルド子爵はお前に領地と財産を遺されている。今までは私が管理していたが、お前ももう十五歳、成人だ。来年には領地と財産を渡すことになるだろう」

「なんで……今までそんな話、一度もしてくださらなかったのに……」

リエルはエルバルトの言葉に呆然と呟く。

リエルが伝えられたのは、来年には領主になるということだった。幼い頃に亡くなった、顔も覚えていない父親が遺してくれた遺産を引き継ぎ、子爵になると。

リエルは幼い時に、リリーの妹にあたる母親と父親を馬車の事故で亡くしている。

だが、急に領主になれと言われても、彼女は受け入れられなかった。

エルバルトが申し訳なさそうな表情を浮かべる。

「すまなかった。お前には領地なんかのことは考えずに自由に育ってほしかったんだ。ご両親を亡くしてこの家に来たお前に無理を強いたくなくて……」

「お義父様……」

「だが、あの領地と財産はお前に遺されたものだ。私はただの後見人。譲らないという選択肢はないのだ。すまない……」

苦しそうに両手で顔を覆うエルバルトを見て、リエルはどうしたらいいかわからなかった。自分のことを気遣ってくれたとわかっているからこそ、責められるはずがない。

エルバルトは絞り出すように告げる。

「もう少し後に言おうと思っていたんだが、お前のアルに対する想いに気付いてしまった。だからこそ、先に言っておいた方がいいと思ってな……」

「っ……！」

リエルは息を呑む。

確かにこれまで、アルラインに対する気持ちを隠してきたつもりはない。

しかし、それでもこうやって真正面から言われると自分の気持ちを改めて自覚する。同時に、もう叶うことはないということも。

「お前もアルも爵位を持ち、領主になる。だから結ばれることはないと思ってほしい。領主同士の結婚にはいろいろと制約が多いしな。無理に結婚しても二人とも幸せになれないだろう」

エルバルトは申し訳なさそうに、だが、きっぱりと告げた。

エルバルトの中で、リエルとアルラインが結ばれることはありえないと、決めているのだろう。

(もう、アルくんとは結ばれないのね……)

リエルにとって、アルラインは大切な弟であると同時に、自分の居場所を作ってくれた男の子だった。

物心ついてすぐに両親を亡くして、マーク侯爵家に引き取られたリエルは家に馴染《なじ》めず、寂しい思いを抱えていた。

だが、アルラインが生まれてから、リエルの中に新たな気持ちが芽生える。

『この子を守りたい』

その気持ちが芽生えてから、リエルはようやくマーク侯爵家の一員になれた。アルラインの世話をして、それがきっかけでリリーとライトとも話せるようになった。気が付いたらエルバルトとも本当の父娘《おやこ》のようになれていた。

リエルの中にだんだんと違う気持ちが生まれてきたのは、いつのことだったか。

(多分、あの時)

王都動乱の際に、学園が襲撃されてリエルの教室にも襲撃者が押し入ってきた。命の危険を感じた時、駆けつけたのは、他ならぬアルラインだった。

『義姉上、怪我はありませんか？』

リエルは、あの時のことを今でも忘れられない。もうダメだと、そう思った時に颯爽《さっそう》と現れたヒーローに恋しないわけがなかった。

それからも、ダークを護衛につけるなど、アルラインはリエルを心配していた。リエルにとってアルラインは守らなければいけない存在だったのに、気が付けば守られる側に回っていた。

それが心地よくて、嬉しくて……

リエルは本気でアルラインに恋していた。

（シルティスク様がいてもいい、側室でもいいの。ただ、アルくんの傍にいられれば、それで）

でも、その願いはもう叶わない。

リエルは涙を必死にこらえると、エルバルトに向かってか細い声を発する。

「お義父様、領主の件はわかりました。また、詳しいことは今度教えてください」

「ああ、わかった。すまないな、突然こんな話をして」

「いえ……それでは失礼します」

リエルはぺこりと頭を下げると、足早にエルバルトの部屋から出る。

彼女にあてがわれた部屋に戻ると、壁に背をつけて座り込んだ。

「一度でいいから、アルくんと恋人みたいなこと、してみたかったな……」

リエルの切ない呟きは、宙に漂って儚《はかな》く消えていった。


それから、リエルはずっと塞《ふさ》ぎ込んでいた。

アルラインと会うのが辛くて部屋に引きこもりがちになり、ちゃんと部屋から出たのはダークに会いに行った一回きり。

アルラインが帝国に行っている間に仲良くなり、王城にも一緒についてきたメイドのシエル――ダークの妹で最近見習いから正規のメイドになった――が心配してあれこれ世話を焼こうとするが、それすらも上手くいかない。

「リエル様、お天気いいですよ。散歩しに行きませんか？」

「今はそういう気分じゃないの……」

「厨房《ちゅうぼう》で美味しいお茶をもらってきたんです。せっかくなので淹れちゃいますね」

「今はお茶を飲む気分じゃないからあなたが飲んで」

こんな調子でシエルもお手上げだった。

リリーとエルバルトはどうして塞ぎ込んでいるのか知っているため、そっとしておくことに決めたらしい。

心配そうに様子を窺いながらも、無理に何かをすることはなかった。

アルラインに至っては毎日忙しく動いているせいで、リエルの異変に気付く様子すらなかった。

王城から出ない方が良いと言われ、学園を休んでいるシルティスクに代わって生徒会の仕事を片付けながら、新しく契約した精霊と訓練したり、国王と反乱に関して話し合いをしたりしている。

リエルもアルラインが忙しいのはわかっているので仕方がないと思う一方、冷たいなとも思ってしまい、自己嫌悪していた。

(アルくんのせいじゃないのに……傍にいてほしいと思ってしまう……)

アルラインに会ったら泣いて縋ってしまいそうで、だからこそ部屋から出るのを躊躇っているというのもあった。


そんなある日。

「リエル様！」

「シ、シエル、どうしたの？」

椅子に座って窓の外を眺めていたリエルのもとに、シエルが興奮した様子で現れた。

(何かあったのかしら……？)

普段から落ち着いているシエルが、冷静さを失っている姿を見てリエルは不安になるが、次の言葉を聞いた瞬間、無意識に立ち上がることになる。

「シルヴェスタ殿下がリエル様に会いにいらっしゃってるんです！」

「どうして殿下が⁉」

ガタンッ。

リエルが勢いよく立ったことで椅子が大きな音を立てる。だが、彼女の耳にはその音は聞こえていなかった。

(特に何も約束はなかったはず……それなのになぜ?)

リエルは学園でシルヴェスタと同じクラスだったため、以前から仲が良かった。

それでも約束なしに部屋を訪ねてくる関係かと言われると、そんなこともなかった。

「と、とりあえず、身だしなみを整えなきゃ。シエル頼むわ」

「はい! もちろんです!」

乱れていた服を急いで直す。

軽く化粧もすると、リエルはシルヴェスタが待っている応接スペースに足早に向かった。

「殿下。お待たせしました」

「いや、大丈夫だ。私こそいきなり来てすまない」

中に入ると、ソファに座っていたシルヴェスタがさっと立ち上がった。

シルヴェスタは申し訳なさそうな表情を浮かべながらも焦燥感を漂わせていて、リエルは緊張してくる。

(まさか、アルくんに何かあったのかしら?)

シルヴェスタがわざわざアルラインについて伝えに来ることはない。

しかし、ここ最近アルラインのことばかり考えていたリエルはこの時ですら、彼のことしか思い浮かばない。

二人がソファに腰かけると、シルヴェスタがこれ以上待てない、という風に口を開いた。

「リエル嬢、今日こうして伺った理由なんだが……」

シルヴェスタはそこで言葉を区切ると、リエルの目をまっすぐに見つめる。

その表情は妙に色っぽくて、リエルは思わずドキッとした。

（本当に、綺麗な顔立ち……）

リエルの身近にいる男性は整った顔立ちの人が多い。アルラインは言わずもがな、ライトも可愛らしい顔で、エルバルトは野性味のある濃い顔、領地にいるバルトだって強面ではあるものの、力強さを感じさせる顔だ。

だが、そんな家族に囲まれているリエルですら、シルヴェスタは格好いいと思う。

もちろん恋心とは違うが、なんというか美しい芸術品を見ているような気持ちになるのだ。

そんなシルヴェスタの濃紺の瞳を見ていると、熱がこもっているように感じられてだんだんと居心地が悪くなっていく。

そして――

「婚約を申し込みに来たんだ」

「……えっ？」

シルヴェスタの言葉が脳内で処理しきれず、リエルは間の抜けた声を漏らした。

†

シルヴェスタがリエルの部屋を訪ねる少し前――彼がダークと決闘をした直後に話は戻る。

シルヴェスタはダークからリエルが実父の爵位と領地を引き継いで、領主になることを聞いた。

「リエル嬢は領主になるため、アルライン様と結ばれることはないそうです。マーク侯爵閣下《かっか》からも二人が結ばれることは望まないと伝えられたそうで」

「そんなことが……」

リエルがマーク侯爵――エルバルトの実の子供ではないことは、シルヴェスタももちろん知っていた。

アルラインとも、侯爵夫人――リリーともとても似ているため、あまり世間には知られていないが、王子で次期国王であるシルヴェスタが知らないわけがない。

だが、まさかリエルが爵位と領地を引き継ぐことになるとはシルヴェスタも思っていなかった。

リエルの両親、ジェラルド子爵夫妻が亡くなったのはもう十三年も前のこと。

後見人としてその領地はエルバルトが面倒を見ていることも知っていたため、シルヴェスタはリエルが普通に嫁に出されるとばかり思っていたのだ。

だからこそ、ダークから聞いた話は衝撃だった。

そして、アルラインのことが好きなのに結ばれない、という話を聞いて、確実に悲しんでいるであろうリエルを放っておくことなどできるわけがなかった。

唐突なのはわかっていたが、いてもたってもいられなくなったシルヴェスタは訓練場からリエルの部屋に直行した。


リエルに対面したシルヴェスタは、明らかにやつれた様子の彼女を見て、それまで考えていたことが全て飛んだ。

(こんなにボロボロになるほどアルライン卿のことを好きだったのか……)

その単純明快な事実に心が痛むものの、シルヴェスタはリエルのこんな姿を見ていたくなかった。

自分勝手なのはわかっている。

それでも、愛している人が他の男のために傷つき、ボロボロになっている姿など見たくないと思ってしまったのだ。

そして、その思いに突き動かされるように、リエルに婚約を申し込んでいた。

「え、えと、これは何かの冗談でしょうか……?」

唐突なプロポーズに驚きすぎて、リエルが挙動不審になる。

だが、シルヴェスタにとってはそんな姿さえも愛おしい。

「いや、冗談ではないよ」

「では……」

「ダークから聞いたんだ。リエル嬢が領主になること」

「っ！」

「君がアルライン卿を好きなのは知っている。だが、領主になる君はアルライン卿とは結ばれない。そうだよね？」

「……そうです。それもダーク様から聞いたんですね」

シルヴェスタの言葉に、リエルは諦めたように頷く。全て知られていることがわかったからだ。

「ああ、勝手に聞いてすまない。だがそれを聞いて、いてもたってもいられなくなってね。こうやって約束もなしに来てしまったんだ。重ね重ね申し訳ない」

「大丈夫ですよ。やることもなくてぼうっとしていたところですから。ですが、いてもたってもいられなくなって、とはどういうことですか？」

リエルは首を傾げる。そもそも、自分が領主になってアルラインと結ばれないことが、シルヴェスタが自分に婚約を申し込むこととどうしたら繋がるのかわからない。

「それは……」

シルヴェスタは一度言葉を区切ると、シエルが出した紅茶に口をつける。

勢いで来てしまったが、考えてみればだいぶ恥ずかしいことをしていると気付いてしまう。

(いくら好きだからと言っても、こんな突然婚約を申し込むんじゃなかったな……)

若干の後悔と、これくらいしないとリエルは振り向いてくれないだろうから正しいんだ、という思考がせめぎ合ってシルヴェスタの舌を鈍《にぶ》らせる。

(でも、もう引き返せない)

シルヴェスタはなんとか決意を固めると、緊張で震えている手をぎゅっと握りしめて口を開く。

「君のことが、ずっと好きだったからだ」

「っ!?」

リエルが息を呑む。まさかの告白にリエルの頭の中は真っ白になる。

(今、殿下は私のことを好きって言ったわよね……？　好き？　好きってあの好き？)

「好き」という言葉が頭の中をぐるぐると巡る。

ずっとアルラインのことしか見えていなかったリエルは、他の男性から告白される、ということ自体考えたこともなかった。そのせいで半ばパニックを起こしていた。

とりあえずこの沈黙をどうにかしたくて、リエルは無理に言葉を絞り出す。

「そ、それは、異性として、ということですか？」

「もちろん」

「い、いつから……？」

リエルの問いに、シルヴェスタはほのかに熱を帯びた声で答える。

「学園で同じクラスになった時から気になる存在ではあったんだ。可愛いし、優秀だし。でも、それでもまだ気になる存在でとどまっていた」

「では……？」

「ある時、気付いたんだ。君はアルライン卿のことをずっと気にかけて、守ろうとしていただろう？」

それは好きだったから――

リエルがそう言う前にシルヴェスタが言葉を続ける。

「君は好きだったから、と思っているかもしれないけど」

シルヴェスタはリエルが考えていたことをサラッと当てると、苦笑いを浮かべる。

「私からしたらアルライン卿は絶対的で、誰かに守られるような存在ではなかったんだ。だから、いくら好きでも、絶対的強者のアルライン卿を守ろうとする、その行為自体が信じられなかった。ただ、まっすぐな気持ちが素敵だと思った」

シルヴェスタに言われて、リエルはむず痒い気持ちになる。

（確かにアルくんは強いけど、抜けているところもあって、守らなきゃ、ってずっと思っていたわね）

でも、それは家族だからわかること。シルヴェスタはアルラインの抜けているところなど知らず、ただ強くて何にも頼らない、そんなイメージを持っていたのだろう。

褒められることじゃない、家族なら当たり前のこと。

リエルはそう思うが、言わないでおいた。何を言っても、今のシルヴェスタはリエルのことを褒めそうだったから。

(別に褒められたくてやっていたわけではないもの)

リエルの思いを知ってか知らずか、シルヴェスタの声にはどんどん熱がこもっていく。

「強い人であっても守ろうとする君の姿はまるで女神みたいで、尊くて、気が付けば強く惹かれていたんだ。そして、君なら王妃に、この国の国母にふさわしいとも思った。君が国母になれば、きっとこの国の民は幸せになるだろうって」

「そんな……恐れ多いです。私はそこまでできた人間じゃ……」

シルヴェスタの言葉にリエルは思わず頬を染める。こんなに直球で褒められたことが初めてで、気恥ずかしかった。

シルヴェスタは首を振る。

「そんなことはない。君みたいな気高い心を持つ人は初めて見た」

「ありがとうございます……」

消え入りそうな声でリエルはシルヴェスタにお礼を言った。

「だから、リエル嬢。私は本気で君と婚約したい。アルライン卿が好きだった君にこんなことを言うなんて酷《こく》だとわかっている。それでも、私なら君を泣かせたりしないし、絶対に幸せにすると誓うよ」

シルヴェスタの真剣な瞳に、リエルは自分の心が揺れ始めていることに気付く。それでもすぐ承諾する気になれないのは、やはりアルラインのことが好きだからだろうか。

リエルは返事をはぐらかすように、冷たい声を出す。

「ですが、今まで一度もそんなことをおっしゃらなかったじゃないですか。それなのに突然婚約だなんて……」

「それは……君はダークのことが好きなのかと思っていたから」

「えっ？」

まさかの言葉を受け、リエルは盛大に戸惑う。

（なんでそんな風に……？　そんなこと一度も言ったことないし、ずっとアルくん一筋だったのに……）

シルヴェスタが恥ずかしそうに目を逸らす。

「君がここ最近、ずっとダークに会いに行っていたから。しかも差し入れまで持って。以前店で助けられた際に惚れてしまったのかと……」

「いや、それは……」

リエルは口ごもる。ダークには全然惚れていなかった。助けてくれた時は感謝したが、それよりもアルラインが護衛をつけてくれていたことの方に気がいってしまった。

自分がどれだけアルラインを好きで、彼のことをいつも考えているのかを思い知らされて、リエルは頬を染める。

「まあ、ダークからリエル嬢が会いに来るのはアルライン卿のことを聞くためだと聞いて、私が勘違いしていて、リエル嬢が本当に好きなのはアルライン卿だと知ったんだけどね」

「そう、だったのですね」

黙ってしまったリエルを見て、シルヴェスタが自嘲《じちょう》するような笑みを浮かべた。リエルは、相槌《あいづち》を打つことしかできない。

リエルはどう会話を繋げたらいいのかわからなかった。今こうして告白してくれているシルヴェスタを好ましく思う一方で、アルラインを好きな気持ちを抱えたまま、他の男性に好感を持つことに罪悪感もある。

シルヴェスタはずっと緊張していた。自分が告白されることはよくあった。王子という身分が女性にとって魅力的なのもわかるし、自分の容姿が女性を惹きつけるのも自覚していた。ただ、自分が告白する側に回るのは初めて。

こんなシチュエーションに慣れていない二人は、当たり前だがぎくしゃくした雰囲気になる。

リエルの後ろに控えていたシエルは二人の様子を見てハラハラしていた。

（王子殿下がリエル様のことを好きだったなんて……！　すごい三角関係……）

シエルも恋バナが好きな普通の少女だった。

（美少女を取り合うイケメン二人……最高だわ……！）

実際は取り合っていないし、アルラインはリエルの気持ちに気付いていなかったが、シエルの脳内では勝手に変換されていた。

そんなシエルに気付かない二人。シルヴェスタは沈黙を破るように口を開こうとするが……

「あの」

「だから」

同時に話し出そうとしたリエルと言葉が被る。そのことにお互いが慌てる。

「あ、すみません、お先にどうぞ」

「いや、リエル嬢こそ……」

今度はお互いに譲り合ってしまう。リエルとシルヴェスタは顔を見合わせると、思わずと言ったように笑い出した。

「あはははは、私たち、息が合いますね」

「本当に。まさか話し出すタイミングまで被るなんてな」

さっきまでのぎくしゃくした雰囲気が一瞬で消え去る。その場に柔らかい空気が流れた。

二人はひとしきり笑い合うと、シルヴェスタから話し出す。

「じゃあ、私から」

「はい」

リエルは姿勢を正し、緑色の澄《す》んだ瞳をシルヴェスタに向ける。シルヴェスタは一つ咳払いすると、真剣な表情になる。そして何回かに丁寧に区切って告げる。

「リエル嬢、私は君のことが好きだ。だから傷ついている姿を見たくないし、君にはずっと笑っていてほしい。できることなら私の傍で」

「まだ、今はアルライン卿のことが好きでも構わない。私が絶対に君を振り向かせてみせるから」

「だから、もう一度、いや、何度でも言うよ」


——どうか、私の婚約者になっていただけませんか?


その濃紺の瞳は一点の曇《くも》りもなくリエルに向けられていて、シルヴェスタの嘘偽りない本気を感じさせた。

(こんなに私だけをまっすぐに見てくれた人は初めて……)

リエルは初めての感情に戸惑う。だがそれと同時に、シルヴェスタであればこれから先上手くやっていけるのではないか、そう思い始める。

(今はまだ好きとは違うわ。でも、それはきっと私が殿下のことをまだ全然知らないから)

婚約してシルヴェスタの近くで、シルヴェスタのことを知っていけば、おのずと好きになる。

そんな予感がした。

（それでいいのではないかしら？　殿下も今はまだ好きじゃなくていいと言ってくださっている
し……）

リエルは決心する。

アルラインのことを好きな気持ちは本物だ。

でも、報われない気持ちを持ち続けることで、姉弟の絆《きずな》まで失ってしまったら？　そんなこと、
耐えられるわけがない。

だから、シルヴェスタの婚約者となることでアルラインへの未練を断ち切ろうと、そして、自分
もちゃんと幸せになるのだと、そう思った。

リエルはシルヴェスタの瞳を見つめる。そして……

「そのお申し出、お受けいたします」

「っ！　ありがとう！　絶対幸せにすると誓うよ」

シルヴェスタはリエルの答えを聞き、満面の笑みを浮かべる。リエルもようやく解放されたよう
な清々《すがすが》しさに心の底から笑った。

「不束者《ふつつかもの》ですが、どうかよろしくお願いしますね、シルヴェスタ殿下」

「こちらこそ、これからよろしくね」

窓から差し込む夕日が、二人を温かく照らしていた。

第七話　時、来たる

「えっ、義姉上、シルヴェスタ殿下と婚約するんですか!?」

俺――アルラインは、夕食の席で聞いた突然の義姉上の婚約発表に驚いて叫んだ。寝耳に水の話で、目を白黒させる。

「ええ。今日シルヴェスタ殿下から婚約を申し込まれて。お受けすることにしたわ」

幸せそうな義姉上の様子に、俺はほっとする。ここ数日何か様子がおかしかったが、俺の勘違いだったようだ。

俺は義姉上に笑みを向ける。

「シルヴェスタ殿下なら義姉上を任せられますね。でも、何かあったら言ってくださいね？」

「ありがとう、アルくん！　でも、大丈夫だと思うわ。シルヴェスタ殿下ったら私のことまっすぐ見つめて『絶対幸せにする』って言ってくださったもの。殿下なら信じられるって思ったわ」

義姉上のうっとりとした笑みを見て、俺は苦笑する。

「それなら良かったです。幸せになってくださいね」

「もちろんよ！」

俺と義姉上のやり取りを聞いていた父上が、なぜか呆れた表情を浮かべる。

「アル、お前は本当に何も……」

「お義父様！」

「あなた？」

「……すまない、忘れてくれ」

父上が何か言おうとしたが、それを義姉上と母上が止めたので、俺は首を傾げる。何を言おうとしていたのだろう？

『はぁ……お兄さん、モテそうなのになんでこんなに鈍感なんだろうね？　お兄さんを気遣って健気に振る舞っているお姉さんが可哀《かわい》そう……』

『風の、諦めるのじゃ。アルラインが女子の気持ちに疎《うと》いことなんてわかり切ってるのじゃから』

『そうだったね』

俺の後ろでヴィエントとテッラが好き勝手に話している。

みんなして何か様子がおかしいが、何も心当たりがなくて、俺はきょとんとしてしまう。

「そういえばアル、ここ数日何をしていたんだ？　忙しそうだったが」

困っている俺の様子に気付いてか、ライト兄上が違う話を振ってくれる。父上たちも気になっていたのか、視線を向けてくる。

「学園で生徒会の仕事をしていたのと、反乱の原因について探っていたのですよ。あとは新しく契

約した精霊の力を確かめたり」

現在、シルは安全を考慮して学園を休んでいる。そのため、生徒会の仕事が全て副会長である俺に回ってきていた。

加えて、外神の居場所を見つけるためには、貴族の反乱がなぜ起こっているのかを確かめるのが早いと考えて、反乱の原因を調べていたのだ。

俺の言葉を聞いてその場の雰囲気が一気に緊張する。

「それで、原因はわかったのか？」

「はい、ある程度は」

父上の問いに、俺は頷く。

反乱に関してはヴィエント、テッラ、アリファーンの三人が下級精霊にお願いしてくれたため、比較的早く情報が集まっていた。

そして、今日、陛下から騎士が魔剣を使って様子がおかしくなったことを聞いて、反乱の原因がようやく判明したのだ。

俺は家族を見渡すと、静かに口を開く。

「反乱は何者かによる精神操作が原因でした」

「「「「精神操作？」」」」

四人の声がハモる。

俺は頷くと、持っていたナイフとフォークを置いてナプキンで口を拭く。その間にどこまで言うか整理していた。

外神の存在は未だに誰にも言っていない。

そして、俺と陛下は言わなくてもいいという結論に至っていた。

「アル、どういうことだ？　詳しく説明してくれ」

父上が沈黙に耐え切れなくなったように俺をせかす。

「今日、シルヴェスタ殿下の専属騎士団〈ブルー・アイ〉の副団長がダークに決闘を申し込み、その際に魔剣を持ち出したそうです」

「魔剣!?」

兄上が驚きの声を上げる。決闘で魔剣を持ち出すなど正気の沙汰ではない。兄上の反応は至極当然だった。父上は眉間に皺を寄せている。

「はい。そして、魔剣を持った副団長は、まるでハーレス公爵が魔導師の魂に取り憑かれた時のようにおかしくなったそうです。そこで魔剣に精神操作系の魔法が込められているのではないか、と疑われた陛下から調べるように命じられました」

「それで、調べた結果……」

眉間の皺を深くした父上は、もう答えがわかっているようだった。

俺は頷く。

「はい。陛下が予想した通り、魔剣には強い精神操作系の魔法が込められており、持ち主に強く影響を及ぼすことがわかりました」

「なんてこと……」

俺の言葉に、母上が呆然とした声を漏らす。他の三人も同じような反応だった。俺はそのまま言葉を続ける。

「加えて、僕が反乱貴族たちを調べた結果、全ての貴族が同じように『ある者』から魔剣を受け取って、おかしくなったことが判明しました」

「つまり、その『ある者』が反乱を引き起こすために、精神操作系の魔法が込められた魔剣を配り歩いていると、そういうことか？」

「ええ。そのようです」

信じられない、という口調の兄上に俺は深く頷いた。

父上が呟く。

「だが、なんでそんなに大量に魔剣があるんだ？　しかも同じ作用の魔剣が……古代遺物自体、数が少ないのに」

そう、反乱を起こそうとしている貴族は、わかっているだけでも二桁に及ぶ。父上が言う通り、その数だけ同じ作用の魔剣があるのは明らかにおかしかった。

しかし、同じ作用の魔剣をいくつも用意する方法が一つだけある。そして、実際この方法が使われたのだと俺は確信していた。

「それは、その魔剣が作られたものであるからかと」

「魔剣を……作る？」

兄上が呆然と呟き、父上が目を見開く。母上と義姉上はすっかり黙り込んでしまっていた。

「はい。これらの魔剣は一人の製作者によって作られ、バラまかれたものかと」

そして魔剣を作ったのは外神だろう。というか、外神が黒幕だからこそ、こんな普通の人間では不可能な反乱が起こりそうになっているのだ。

反乱を起こす気などない貴族の精神を操り、一斉に蜂起《ほうき》させて国を転覆《てんぷく》させる。このような計画を実行できるのは外神しかいない。

この場にいる誰もが、「そんなことできるわけがない」と思っているのが伝わってきて、俺は内心で苦笑する。

『まあ、人間には到底納得できるものではないよね』

『古代遺物は現代の技術では作りようがないのだから仕方がないじゃろう。頭ごなしに否定しないだけマシじゃ』

ヴィエントとテッラの言う通りだ。俺が言っていることは普通の人にとっては荒唐《こうとう》無稽《むけい》な話なのだから。

だがアリファーンは頬を膨らませて怒っていた。

『でも、ご主人様が言っているのにそれを信じないなんて、おかしいぜ！　ご主人様が嘘を言うわけないのに！　ご主人様を信じない奴らなんて俺が燃やしてやるぜ！』

『アリファーン、みんな僕の大切な人だから、そんなことをしたら一生君を許さないよ』

過激なことを言うアリファーンに、俺は魔力をあたりにまき散らしながら低い声で告げる。すると、アリファーンは体を震わせながら首を横に振る。

『し、しないぜ！　だからご主人様、そんなに魔力で威圧しないでくれ！』

『本当に？』

『もちろんだぜ！　ご主人様に逆らったりしないぜ！』

『それなら良し』

俺は魔力を引っ込めると、笑みを浮かべる。アリファーンはまだがたがた震えていた。

『お兄さん、沸点低すぎると嫌われちゃうぞ～』

『ヴィエント、うるさい』

『若いのは血の気が多いな』

やれやれ、という風に両手の平を上に向けるテッラ。いや、俺悪いことはしていないはずなんだが。

釈然《しゃくぜん》としない。というか、ここ数日で三人と仲良くなったものの、ヴィエントはお調子者だし、テッラはすぐに年上ぶろうとするから大変だ。アリファーンに至っては俺を妄信《もうしん》するあまり過激な発言をすることもしばしば。ルミエとマレフィが恋しい。

「アル、その魔剣を作っている奴が誰かはわかっているのか？」

精霊とやり取りしていると、ようやく俺が言ったことが呑み込めたのか、父上が俺に聞いてきた。

「はい」

「っ⁉　誰なんだ⁉」

父上がすごい食いついてくる。兄上の目も怖いくらい真剣だった。

俺は若干引きながらも、首を横に振る。

「それに関しては陛下から箝口令《かんこうれい》が出ているため、お教えできません」

「なぜだ？　製作者さえ叩けば、これ以上反乱に加担しようとする貴族が出てくるのを防ぐことができるのに？」

父上が追及してくる。確かに、ここまで言っておいて教えないとなれば、不思議に思う気持ちも理解できる。だが、すでにそのことに関しては陛下と話し合っていた。

「製作者の対応については僕が一任されているので気にしないで大丈夫です。父上たちは貴族たちの反乱を抑えに行くよう、明日にでも王命が下るはずです」

そう、王国騎士団をはじめ、各貴族たちには反乱貴族を鎮圧《ちんあつ》してもらうことになっていた。マーク侯爵家も例外ではない。

陛下に呼ばれて魔剣を調べた時、俺は外神のことを話して判断を仰いだ。そう遠くないうちに、貴族の反乱が同時に起きる可能性が高いことも一緒に伝えた。それは精霊が調べてわかったことだ。

製作者である外神を倒せたところで、各地で同時に反乱が起これば結局のところ王国は壊れてしまう。貴族たちには反乱の鎮圧に回ってもらうしかないのである。

そんな中で外神のことが広まれば国民がパニックに陥ることはわかり切っていたため、箝口令が敷かれたのであった。

だが、それを許せる俺の家族ではない。

「そんな!?　アルちゃん一人で魔剣を製作できるような相手と戦うなんて……！」

「お義母様の言う通りよ！　いくらアルくんが強いからって一人は無茶だわ！」

今の今まで黙っていた母上と義姉上が声を上げげた。父上と兄上も彼女らに賛同する。

「リリーとリエルの言う通りだ。陛下も何を考えてる！」

「アル、そんな理不尽な命令聞かなくていいんだよ？　いくらお前が伯爵位を持っていて強いからって、まだ子供には違いないんだから」

愛されているな、と思うが、こればっかりはどうしようもない。反乱を収めないといけないし、外神も倒さなければいけないのだから。

俺は笑顔で首を横に振る。

「大丈夫です。僕には精霊がいますから」

「でもっ……」

食い下がる兄上の言葉を遮る。

「僕はこの国を救いたい。そのためには僕が行くしかないんです」

「っ……！」

沈黙が広がる。

俺の表情を見て折れる気がないとわかったのだろう。父上が頭をガシガシと掻きながら乱暴な口調で告げる。

「お前の決意はわかった。もう何も言わない。だが」

――絶対に生きて帰れ。

剣聖の称号にふさわしい威圧。

もし生きて帰れなかったら地獄まで追いかけてきそうだな。

俺はそんなことを考えながら笑みを浮かべた。

「もちろん、必ず生きて帰ってきます。父上たちもお気を付けて」

「ああ。精神を操られる程度の貴族なんて、敵じゃねーよ。だから心配すんな」

「はい」

俺を安心させるために、わざと軽く言う父上。

この様子であればきっと大丈夫。そう信じられた。

†

夜。窓の外には以前より闇が薄れた、不気味な灰色の世界が広がっている。

そんな中、ベッドに入って寝たはずの俺は、気が付けば豪華な椅子の前に立っていた。

『ここは……？　それにあの椅子は玉座か？』

俺の声がその空間に反響する。周りを見渡せば、そこは城のような場所だった。

コツ、コツ、コツ。

突如響く足音に振り返ると、見知った顔がいた。

『アル、久しぶりね』

『セラフィか』

俺が暮らす世界の創造神であり、俺を転生させた張本人でもあるセラフィが笑みを浮かべていた。

久しぶりに彼女の姿を見て嬉しくなる。

『急に呼び出してごめんなさいね。ここは私の空間よ。もう何度も経験したと思うけど、寝ているあなたの魂だけをここに運ばせてもらったわ』

『大体察していたよ。でも、以前セラフィと会ったのは世界の狭間《はざま》だったからここは新鮮だね』

転生する直前にセラフィと会ったのは、俺が今生きている世界でもなく、前世の場所でもない、どこの世界にも属さない真っ白な空間だった。だが、今いるここは俺が生きている世界の創造神として過ごしている空間なのだろう。創造神は神の中でも頂点に近い存在。だから、この空間も城みたいになっていて、玉座があるのだろう。

俺の考えていることはこの空間ではセラフィに筒抜《つつぬ》けになる。セラフィはその通り、と言うように一つ頷いた。

『あなたが考えていることで合っているわ。この空間は、私が呼び出そうと思えば神をも呼べる空間なの。もちろん多少の代価を払う必要はあるのだけど。さしずめ統治者のみが使うことのできるシークレットルームと言ったところかしら』

セラフィの言葉に俺は思わず身を乗り出す。

今の時点で、外神が魔剣を作りそれを貴族に配り歩いているのはわかっている。だが、肝心な外神の居場所がわかっていない。でも、この空間の特徴を使えば、もしかしたら外神も呼び出せるのでは？

しかし、俺が尋ねる前に、その考えはセラフィによって否定される。

『ごめんなさい、それは無理よ』

『そっか……』

『あなたが考えたような、この空間に外神を呼ぶ策は、初めて外神が現れた時に一度試しているの。でも、外神は元々この世界の神ではない。私の権限では呼び出せなかったわ』

『そう、なんだ。まあ確かに、外神をこの空間に呼べたら苦労しないもんね』

俺は苦笑いした。物事はそう簡単に進まないようだ。

『でも、今回あなたを呼んだのは、その外神の居場所がわかったからよ』

『ほんと!?』

セラフィの言葉に俺は顔を勢いよく上げる。

待ってましたとばかりの俺の様子に、セラフィは先ほどの俺と同じように苦笑いする。

『ええ、あなたが今回の件で動いてくれている間、私たち神ももう一度外神を封印すべく、動いていたのよ。そしてその過程で、外神がどこにいるかわかったわ』

『精霊も外神は見つけられなかったのに、神様は見つけられるんだね。すごい……』

俺がセラフィに尊敬の眼差しを向けると、彼女は照れたように笑う。

『ありがとう。それをあなたに教えようと思って呼び出したの』

『本当に助かるよ』

だが、セラフィは表情を暗くする。

『本当は私たち神が動かないといけないところをあなたにやってもらっているのだから、これくらいはして当たり前なのよ。外神を封じ込める封印石《ふういんせき》さえできれば助けられるのだけど……』

『僕にも外神を倒さなくちゃいけない理由がある。ルミエとマレフィを取り返さなきゃ。だから、セラフィが気にすることじゃないよ』

俺は笑って言った。外神が怖くないかと言われたらとても怖い。でも、これは俺自身がつけなければいけないけじめだった。

『それならいいのだけど……』

セラフィが心配そうな表情を浮かべる。俺の身を案じてくれているのが良くわかった。俺は笑みを深めて告げる。

『本当に大丈夫だから。それよりも早く居場所を。いつここを出ることになるかわからないからさ』

『そうね、あなたがここにいられる時間も無限じゃなかったわね』

神様の空間に来ると、何かの限界を迎えた時に勝手にベッドに戻されるのが常だった。

セラフィでも俺がいつこの空間から弾き出されるかわからないのである。だから、無駄話をしている時間はなかった。

セラフィが片手を振ると、目の前にスクリーンのようなものが現れる。そして、ある場所が映し出された。その場所を見て、俺は息を吞む。

『まさか……』

『そのまさかよ。外神がいるのはここ。リルベルト王国西部にある迷宮の中。ここはあなたが倒した悪魔イビル・フレギュラーの住処《すみか》でもあるわ』

『やっぱり』

俺は映し出された場所を食い入るように見る。悪魔イビル・フレギュラーは王都動乱の時にハーレス公爵の体を乗っ取った魔導師のなれの果てで迷宮を住処にしていた。その迷宮をハーレス公爵が見つけたため、取り憑かれてしまった因縁の場所である。

王都動乱が終結した後、俺は何度かそこに行き、イビルが遺したものを調べていたから、この場所は知っていた。

だが、まさかそこを外神が使うとは。立ち入り禁止になっているとはいえ、いつ俺が現れるかわからない場所なのに。

『でも、一年以上訪れてないでしょう？　だから外神も大丈夫と判断したみたいよ。それに迷宮は下級精霊では入れない場所なの。だから見つけられなかったのね』

『もう少し頻繁《ひんぱん》に行っておくんだったな。それに精霊の情報収集能力に頼りすぎちゃったみたいだね』

俺はため息を吐いた。

しかし、セラフィは首を横に振る。

『あなたがここを頻繁に訪れていたら、外神を捜すのはもっと難航したはずよ。彼はここを住処にしなかったでしょうから、どこにいるかもっとわからなくなった可能性が高いし、最悪自分の空間に引っ込まれれば私たちでも捜せないから』

『じゃあ、ここにいたのはむしろ運が良かった……？』

『そういうこと』

セラフィの言葉に少しだけ元気が出る。それでも、精霊に頼りすぎてしまったことは否定できないが。

『そこら辺はこれからおいおい、ね。今回は良い経験だと思いましょう。精霊にもできないことがあると知れたということで』

『うん、そうだね』

セラフィの言葉に俺は素直に頷く。

そう思わないとやってられないから。

『外神は普段は自分の空間にいるのだけど、時々この迷宮に現れるわ。多分、侵入者が入ってきた時に気付く仕掛けも作っていることでしょう。だから、行けばすぐにでも外神が現れるはず』

『わかった』

『無理しすぎちゃだめよ。まずはルミエとマレフィを助けることを優先して。外神を倒すのは私たちが封印石を用意してからでもいいのだから』

セラフィが念を押すように言った。俺は真剣な表情で頷いた。父上とも死なないと約束したし、他の家族もシルも、そして生徒会のみんなも、俺が生きて帰ることを望んでいるはず。戦って死ぬわけにはいかない。

そんな風に話していると、不意に体が透け始める。時間だった。

『セラフィ、色々ありがとう。本当に助かった。ルミエとマレフィを助け出せるよう頑張るよ』

『ええ、あなたならできると信じているわ』

その言葉を聞いたのを最後に、俺は意識を失った。

†

翌朝。

「さて、これで準備はできたかな」

朝から王城は騒がしかった。

様々な貴族が出入りしていたし、騎士や魔法師の往来も激しい。父上たちも朝一で王命が下って、ちょうどさっき反乱貴族の領地に向けて出発したところだった。

俺は先ほどまでシルと母上宛に置き手紙を書いていた。

いつ出発するかは告げていない。急にいなくなれば王城に残る母上やシルを心配させるだろう。だからこその置き手紙だった。

「じゃあ、そろそろ行きますか」

『外神……数万年ぶりだね。どんな風になっているか緊張するよ』

『決して油断するんじゃないぞ。外神の強さは異常だ。いくらアルラインが強いと言っても、簡単に殺されてしまう可能性は十分あるのじゃから』

『ご主人様！　外神なんてやっつけて早く仲間を取り戻そうぜ！』

アリファーンのちょっとずれたテンションに、俺はクスッと笑う。

彼は生まれたての精霊らしく、前回外神と戦った時はまだ存在していなかったらしい。

テッラやヴィエントは外神の恐ろしさを身をもって知っているが、彼は知らない。だからこそ、盲目的に俺を信頼しているアリファーンからすれば俺が負けるとは思えないんだろう。

俺は少し真面目な表情をする。

『アリファーン、外神は本当に強い。気を抜けば瞬殺だろう。実際に僕はルミエとマレフィが奪われたことすら気付かなかった。だから、絶対油断しないようにね』

『わかってるぜ！』

アリファーンは元気に飛び回っている。

ちょっと心配になるが、まあ、大丈夫だろう。アリファーンだって上級精霊で強いのだから。

ここしばらくは忙しい日々の合間に数日、精霊三人とマーク侯爵領にある森で修練していた。転移ですぐ行けるのはやっぱり便利だ。

その時に見た三人の強さは凄まじくて、俺は今までルミエとマレフィの力を引き出し切れていなかったのだと気付いた。いや、頼らないようにしていたせいで彼女らの力を知らなすぎたのだ。

だから今回は彼らの力を最大限借りる、そう決めていた。

そうしないといけない相手だから。

少し緊張が解けたのだろう、俺の心は若干軽くなっていた。

「じゃあ、三人とも、行くよ」

『うん！』

『おう』

『おし！』

「転移」

魔法を唱えると、俺の視界が一瞬で切り替わった。

第八話　再びの対面

「ようこそ。待っていたよ」

「なっ!?」

目的の迷宮に着いた途端に響く声。俺は周りを見渡すまでもなく臨戦態勢に入った。

そんな俺をあざ笑うかのように、聞き覚えのある声が高らかに笑う。

「その瞬発力、そなたは本当に人間離れしているな」

「っ……⁉」

声が聞こえてくる方向を見て、俺は言葉を失った。

「なんだ？　私が宙に浮いているのは以前と変わらないと思うが？」

楽しそうな声。俺の視線の先には、宙に浮いた玉座に座り、腕と足を組んでにやりと笑っている外神がいた。

まさか迷宮に着いた瞬間からいるとは思っていなかったため、声が出ない。

「その顔が見たかったのだ」

外神が楽しそうに言う。その言葉にハッとした。

「お前、まさか……」

「やっと気付いたのか？　罠《わな》だなんて知らずにのこのこやって来て、本当に間抜けだな」

「くそっ」

俺は小さく呟く。

考えてみればおかしな話だった。

なぜ外神は迷宮なんかにわざわざ住処を作っていたのか？

あの魔法もスキルも加護も使えない空間にいれば身の安全を確保できるのに。

本人も言っている通り、これは俺をおびき出すための罠だったのだ。

だが――

「別に俺をおびき出す必要なんてなかったはずだ。お前が俺を殺しに来ればよかったじゃないか。そうすれば俺がこんなに準備することもなかっただろうに」

「そんなもの、理由は一つしかないだろう？　そなたが万全の状態で来てくれればそれだけ私はその力を奪える、ただそれだけだ。実際今回も精霊を三人も連れてきてくれたしな」

「っ……！」

用意してきたこと自体、外神にとっては鴨《かも》がネギを背負《しょ》ってきたのと同じらしい。

顔を歪める俺を見て、外神が笑いながら空中で立ち上がり、黒色、金色、水色の光り輝く玉を取り出す。水色の玉だけ少し欠けているようだ。

その玉から感じ取れる何かに身構える。

「これが何かわかるか？」

黒、金、水色……思い浮かぶのは皇城の枯れ果てた庭園。そこで仲良さそうに話す三人の精霊の記憶……っまさか!?

「わかったようだな」

愕然とした俺に外神はいよいよ笑みを深める。

「……マレフィとルミエ、そしてアクア、なのか」

「その通り！　正確にはその精霊たちの力の結晶、だな」

「力の結晶？」

どういうことだろうか？

力と体が別で、ここにあるのは力だけということか？

俺の疑問を見透かしたように外神が頷く。

「本体ごと玉の中に閉じ込めたかったが、抵抗がひどくて叶わなかったのだ。さすが、上級精霊だな。まあ力さえあればいいから別に構わないが」

「本体はどこだ」

感心するような外神の様子が気に入らず、無意識に低く冷たい声が出た。しかし、外神はわざとらしく身を震わせるだけ。

「おお、怖い。人間はすぐ感情を露《あら》わにするから困ったものだ」

そう言って笑みを浮かべる外神。

とても癪《しゃく》に障る。

「本体はどこなんだ。答えないなら……」

「答えないなら？　どうするというのだ？　そなたじゃ私は倒せないだろうに」

「いいや、答えないならお前を倒すまでだ！」

地面を力強く蹴って外神のところまで飛び上がる。

だが、外神に肉薄しようとした、その時。

「がっ⁉」

目に見えない壁に激突する。そのままはね返されて、地面に叩きつけられた。

「ガハッ！」

とっさに受け身を取ってダメージを減らすものの、あまりの勢いに一瞬息が詰まった。

「ふっ、私が何も用意せずにここにいるわけないだろう？」

余裕そうな外神の声。

精霊たちが心配そうに俺を見た。

『ご主人様、怪我はないか!?』

『お兄さん、大丈夫？』

『アルライン、まあ、無事じゃな』

不愛想なテッラの対応に文句の一つでも言いたい気分だが、今はそれどころではない。

『けほっ。大丈夫だよ。あいつの周りに何か防御膜のようなものがあるみたいだ。しかも、その防御膜に与えた衝撃がそのまま自分に返ってくるという厄介な機能付きだね』

勢いよく突っ込んだのは確かだが、だからといってぶつかったくらいでは地面に叩きつけられないだろう。

受け身を取るのが精いっぱいだったことから、恐らく防御膜は与えられた衝撃を与えた本人に返している。しかも、魔眼でもその膜を見ることはできないという徹底ぶり。

「面倒なものを作りやがって……」

歯噛みする。こちらを余裕そうに見つめる外神と目が合い、苛立ちが募る。

『アリファーンとヴィエント、防御膜を突破できる?』

『わからないけど、やってみるしかないよね』

『ご主人様のためなら不可能も可能にしてみせるぜ!』

二人の様子を見て、俺は笑みを浮かべた。心強い味方がいる以上、弱気になる理由はなかった。

『よろしくね。テッラは僕と一緒に外神に攻撃を』

『わかっておる!』

俺たちの会話はわからないはず……と思っていたが、こちらを見る外神の様子から察するに、彼には精霊たちの声が聞こえるようだ。外神はやれやれと呆れたように手を上げる。

「何か企んでいるみたいだが、無駄だ。人間に私は倒せないよ。大した能力もないくせに神子なんて称号をもらうから傲慢《ごうまん》になるのだ」

「それはどうかな?」

俺は一瞬で外神の背後に転移する。

ここが帝国で外神と対峙した時のような、魔法も加護も使えない空間じゃなくてよかった。

「消えたっ⁉」

外神のうろたえた声。ニヤッと笑って俺は叫ぶ。

『今だ!』

外神の目の前でアリファーンが大きな青い炎を発生させ、それにヴィエントが緑色の光を帯びた風を纏わせる。

『これでも食らえ！』

『風の怖さを教えてあげるよ』

ゴォォォォォォオ！！！！

バチバチバチバチ！！！！

風を受けた炎は凄まじい勢いで防御膜を食らう。

外神を中心に球状に広がる炎が、目に見えない防御膜が確かにそこに存在していることを示している。

「威力が足りない、か」

効いている証拠に物が燃える低い音が響いているが、防御膜が破れる様子はない。

中は見えないが、外神のことだ。出てこないということはまだ中でのんびりしているのだろう。

つくづく傲慢な奴だ。

ここは先手を打つ！

俺は片手を前に出して一気に魔力を込める。

〈風槍《ウィンドランス》〉〈雷槍《サンダーランス》〉〈光槍《ライトニングランス》〉〈炎槍《ファイヤーランス》〉〈水槍《ウォーターランス》〉〈闇槍《ダークランス》〉〈土槍《サンドランス》〉〈氷槍《アイスランス》〉。

全属性の中級魔法を自分の背後に用意する。

防御膜が何属性に弱いかわからないためだ。

弱点を見つけるより、全ての可能性を一気に潰した方が早いだろう。

『テッラ！』

『わかっとるわ！』

テッラが俺に叫び返すのと同時に、魔法を球体の一ヶ所に向かって放つ。

「いっけーーー！！！」

『岩でも食らうがよいのじゃ！』

そこにテッラが発生させた大量の岩も加勢して、大きな音とともに着弾する。

バリンッ！

「よしっ！」

防御膜が破れた音が聞こえ、思わずガッツポーズする。

アリファーンとヴィエントの精霊魔法でもろくなっていたのだろう。そこに大量の魔法が着弾して破れたようだった。

だが、達成感に浸《ひた》る間もなくヴィエントが叫ぶ。

『お兄さん！　防御膜が修復されていくから早く！』

『ああ！』

見れば、ようやく空いた穴はかなりの速さで修復されそうになっていた。

せっかく破ったのに無駄にするわけにはいかない！

『三人とも行くよ！』

空いた穴に飛び込むように入る。

『お兄さん、アリファーンが入り損《そこ》ねたよ』

「なんだって⁉」

ぱっと振り返ると、そこにいたのはヴィエントとテッラだけ。

アリファーンの姿は見えない。

俺が入ってきた穴は二人が入った直後に完全に塞がってしまったようだった。

『アリファーン！　聞こえる⁉』

「無駄だ」

念話を繋げようとした時、中央の玉座に座っていた外神がつまらなそうに告げた。

炎に包まれているのに特に気に留めた様子はなく、背後の膜を破って入ってきた俺たちに見向きもしない。

それなのに「私は全てわかっている」という態度が透けて見えた。

「お前……！」

「ここは完全に外部から遮断《しゃだん》されているからな。どんな方法を用いようとも外にいる精霊とは連絡はとれない」

外神の言葉に、俺は顔をしかめる。

一つ救いなのは外神がここにいる以上、外はまだ安全だろうということ。ただ、外神の能力が未知数な以上、できる限り一緒にいたかったのが本音ではある。

外神が立ち上がってこちらを見た。その顔にはがっかりした表情が浮かんでいる。

「さて、大体予想通りになって、私としてはつまらなくて仕方がない。だから、少しゲームをしよう」

「ゲーム？」

俺は再び顔をしかめる。

予想通り、つまらない。そんなことを言われて、外神が俺たちを未だに踏めば簡単につぶせる虫扱いしていると思い知らされ、腹が立つ。しかもゲームだなんて絶対碌《ろく》なことじゃない。

だが、外神はわざとらしく首を傾げた。

「別にやらなくてもいいが、その場合は精霊は戻ってこないぞ？　取り返しに来たんだろう？」

「ッ、卑怯者！」

「別に卑怯でもなんでもないだろう。精霊を奪って何が悪い」

唇を噛むことしかできない。

そもそもそのゲームとやらに乗って本当に精霊が返ってくるのか？　嘘の可能性もあるのに乗れるわけ……でも……

『お兄さん、絶対に乗っちゃだめだよ。外神とゲームなんかしたって絶対何か裏があるんだから』

『乗らない方がいいじゃろう』

『そう、だね……』

ヴィエントとテッラの言い分もわかる。しかし、そもそも外神が本気を出せばこの世界は滅びかねないという。それなのにつまらないから、という理由だけでこんなことをしているとは、外神が俺を見くびっている証拠だ。

せっかくの機会、逃すわけにはいかない。

「わかった。そのゲームとやらに乗ろう」

『お兄さん⁉』

『アルライン……あとで後悔するなよ』

二人が驚きの声を上げた。俺だってゲームになんて乗りたくはないが、今はどうしようもない。

『今はこうするしかないんだ。真っ向勝負で勝てる保証もないからな』

外神が嬉しそうに笑う。

「くくっ、物分かりが良くて大変よろしい」

「さっさと説明しろ」

にやにや笑う外神に大声で言う。余裕綽々《よゆうしゃくしゃく》な態度にさらに苛立ちが募る。

「簡単さ。そなたが私に少しでも傷をつけられたら、この精霊の力は返してやろう。それに本体の場所も教えてやる」

「できなかったら？」

「そこにいるお前の精霊ももらおう。そしてお前にも私の配下になってもらう。ちなみにこのルールは契約魔法で双方を縛るから、逃れることはできない」

「……なるほど」

思ったよりも悪くない内容だった。

倒すよりも傷をつける方が圧倒的に楽だし、確率としても高い。

それに、外神に少しでもダメージを与えて、精霊たちを返してもらったら、その方が外神を倒しやすくなる。

上手すぎる話で裏があるのではないかと疑ってしまうが、俺はすでにゲームに乗ると言った。今更断ることもできない。

「わかった。それで良い」

俺の返事を聞いて、外神が口角を上げた。

背筋がぞわっとして、やっぱりゲームに乗ったのは間違いだったのかもしれないと思う。

だからと言って、もうどうしようもないのだが。

「では早速契約を結ぶか。〈契約《コントラクト》〉」

外神が空中に魔法陣を二つ描く。それは黒光りしていて外神の邪悪さを表しているよう。

描き切ると、一つは外神、もう一つは俺の、それぞれの胸元にやって来てすぅーっと溶け込んだ。

「んぐっ」

『お兄さん⁉　大丈夫⁉』

『だい、じょうぶ……』

その魔法陣はまるで心臓に模様を刻み込むような、激しい痛みをもたらした。外神は涼しい顔をしているが、これは……

「そなたが人間で私が神だから。ただそれだけだ」

疑いの目を向けた俺に外神はあっさりと言ってのける。

契約の魔法を使ったことがない俺には本当か嘘か判断のしようがない。闇属性魔法だからマレフィがいればわかるのだが……

外神が魔法陣に何かしたのかなんて考えても仕方がないと思い、俺は深呼吸をして痛みを逃がすことに専念する。

「ふぅ……」

やがて痛みは徐々に消えていき、残ったのはなんとなく気持ちの悪い違和感のみだった。

「このゲームが終わればその魔法陣は消滅する。違和感は慣れるしかない」

「わかった」

意外に丁寧に教えてくれる外神。

教えたところで自分は負けないという意識があるからだろうか。

――それなら、そう思ったことを後悔させてやる。

俺は剣を構える。

「では、スタート」

外神の低い声をきっかけに、俺は外神のもとに勢いよく飛び込む。

「はあ！」

カキンッ。カキンッ。ガッ。ヒュッ。

剣はまたしても見えない壁に阻まれる。

さっきの膜と違うのは、外神が右手を出すたびにその壁が現れていること。俺の剣を片手で防いでいるような不思議な光景が広がる。

「ずいぶん単純な剣筋だな。そんなんじゃ一生かかっても私の体には傷一つつけられないだろうな」

「ぬかせ！」

俺は剣に炎を纏わせる。

体が壊れるギリギリまで身体強化をかけて力ずくでその壁を叩き割った。

「ほぉ、お見事」

外神はどこからか黒い杖を取り出すと、剣を受け止める。それは俺の攻撃を受けてもびくともしない。

トップスピードで外神に向かって剣を振るうが、外神は全てに反応し、かつ、杖が折れる様子はない。

「チッ、厄介なものばかりだな」

「当たり前だろう、この世界には存在しないものばかりなのだから」

そういえば外神は異世界の神だった。つまり、外神が使う魔法も技も全て俺が初めて見るものというわけだ。そして、信じられないくらいに強力。

「面倒くさいに決まってる、か」

ガキンッ。ガンッ。キーン！

左、右、右、中央、右、左……何度も剣と杖を交え、つばぜり合いをして、離れる。

その繰り返しだが、一向に突破口は開けない。時間だけが虚しく過ぎていく。

このままでは何も変わらない。俺は賭《か》けに出ることにした。

『ヴィエント、補助を』

『了解だよ！』

『テッラ、背後から奴を貫け』

『おう』

背後で俺たちを見守っていたヴィエントが俺の剣を風で包む。テッラは外神の背後に回って土の槍を大量発生させた。

「ほう、ここで精霊を使うか」

「お前に傷をつけるためならなんだってしてやる！」

風を受けて俺が剣を振る速度がどんどん上がっていく。テッラの攻撃を避ける暇がないくらい、徹底的に、執拗に、強引に……！

「くっ、貴様……！」

苦しそうな外神の顔。初めて見る表情は俺の動きをさらに加速させる。

ここで決着をつけてやる！

『テッラ！　今だ！』

『貫け！』

外神の背後から大量の土の槍が迫る。俺は直前まで外神を離さず、避けられないように引きつける。槍が到達する直前に勢いよくバックステップして、右手を前に差し出した。

「〈獄青炎《ブルーインフェルノ》〉」

「くそっ」

ドカーン！

火属性の上級魔法と土の槍が外神を襲う。爆発音があたりに響き渡り、鼓膜を叩く。

「やったか!?」

煙《けむり》が視界を覆い尽くし、外神の様子は見えない。

ただ、なんとなく外神はこの程度では死なないのではないかと思う。

でも、別にそれでいい。今大事なのは外神に傷をつけること。傷さえついていれば、それでいいのだ。

俺が祈るような気持ちで煙を見つめていると、落ち着いてきた煙の奥に揺らめく人影が。

「やっぱりか」

『まあ、あの程度で外神が死ぬなら以前だって苦労してないよね』

『そこまでやわな奴ではないじゃろう』

ヴィエントとテッラが顔をしかめる。同時に煙が収まった。

壊れた玉座が視界に入る。

「まさか人間にしてやられるとは」

外神が頭から血を流してそこに立っていた。俺は笑って言う。

「これでゲームは俺の勝ちだ」

「はぁ……私が負けるとはな。面白い」

外神が唇を歪めて笑みを浮かべた。その表情は心底忌々《いまいま》しそうでありながら楽しそうだ。

片手に三つの玉を出現させると、外神はそれらを俺に投げ渡してくる。

「これは返してやろう」

「せっかく奪ったのに残念だったな」

「別に構わないさ。また奪えばいい話だからな」

「今度はさせない」

俺は三つとも受け取り、さっとアイテムボックスに仕舞う。外神を見据える。

「それで？　マレフィとルミエの居場所はどこだ。それも教える約束だったはずだが？」

「さあ？　どこだろうな？」

「っ、いいから答えろ！」

茶化すような態度に俺が声を荒らげると、外神は不気味に笑う。

「くっくっくっ、人間が取り乱す姿は本当に面白いな……そんなに知りたいか？」

「神が約束を破るなんて落ちぶれたものだな」

俺がため息を吐いてみせると、外神は目を細める。

「光と闇の精霊は消滅した。私が力を取り出す過程に耐え切れなくて、な」

「はっ……？」

呆然。その言葉が正しいだろう。俺は声を漏らすと固まった。

そんな俺の様子を見て、外神は満足そうに笑む。

「ああ、水の精霊だけは帝国にいるな。私が力を取り出す過程にちゃんと耐えて、しかも逃げ出した。最も優秀な精霊と言えるだろう」

どこか遠くから聞こえてくるように感じる外神の声。

ルミエとマレフィが消滅した……？　そんなバカな。

消滅……その言葉だけが、頭の中をぐるぐると回っていて他は何も考えられない。

だが、精霊は違った。

『光と闇の精霊が死んだ……？』

『お前はまた、また精霊を殺したのか⁉　レイリーンだけでは飽き足らず！』

ヴィエントが虚ろな目になり、テッラが激昂する。レイリーンとは、誰だ？

呆然としながら聞いていた俺と違い、外神がほう、と声を漏らす。

「懐かしい名前を聞いたな。光の精霊と私はやはり相性がいいようだな」

『ふざけるな！　いつもいつも精霊を殺して！　お前は何をしたいんじゃ！』

俺はあぁ、と呟く。以前、外神と神々・精霊の戦いがあった時に犠牲になった精霊のことだろう。

その精霊もルミエと同じ、光の精霊だったようだ。

テッラが拳を握りしめてフルフルと震えている。外神が笑った。

「何を？　精霊を殺せば世界は崩壊の危機に陥る。それを見て楽しむために決まっているじゃないか」

『お前……！　許さない、絶対に許さない……！』

『ヴィエント！　待て！』

飛び出していくヴィエントを止めようとするが、俺の手をかいくぐり外神に突進してしまう。

「まずいっ！」

俺は転移が使えることも忘れて、とっさに飛び出してヴィエントの後を追った。

今のヴィエントは明らかに平常心ではない。そんな状態で外神と戦ったところで瞬殺されることは目に見えている。

だが、風で加速して外神に迫るヴィエントに追いつくことは難しい。

気が付けばヴィエントは風の刃を外神に向けて放っていた。彼は同時に外神に突っ込む。

『お前なんて木っ端《こっぱ》みじんにしてやる！』

「やれやれ、身の程を知らない精霊には罰《ばつ》を与えないとな」

薄く微笑む外神が、軽く右手を上げる。

その手の平はヴィエントに向けられていた。

思わず叫ぶ。

「危ない！」

『罰なんて……ぐあっ⁉』

「ヴィエント‼」

外神の片手から大量の闇が放出され、ヴィエントにまとわりつく。ヴィエントは苦しそうにのたうち回った。

「くそっ！」

その場に駆けつけようとするが、その前に外神がヴィエントの体に手を触れた。

「この程度で倒れているようじゃ、力を取り出したら本体は消滅しそうだな」

「やめろっ！」

俺の叫びも虚しく、ヴィエントにまとわりついた闇がその体を覆っていく。さらに、外神が触れているところからどんどん闇が溢れていた。

これはまずい。

直感する。今助け出さないとヴィエントが消えることになると。

俺は急いでヴィエントの傍に転移して、闇を素手で掴んだ。

外神の唇がめくり上がり歯が見えた。その瞬間、意識が闇に呑まれそうになる。

「ふっ、かかったな」

——俺はまた、何かを間違えたのか？

薄れゆく意識の中、遠くから聞こえる外神の声に俺は考える。

——何がだめだったのか？

息が苦しい。

——俺はなんのためにここまで来たのか？

もう何もわからない。

自分の体に、心に侵食していく闇に、もうどうでもよくなっていく。

意識を手放そうとしたその瞬間だった。

『アル!!』

『ご主人様！』

「くっ、お前らどうやって……！」

聞き覚えのある二つの声と外神の声。同時に、俺の目の前で赤い光が爆《は》ぜる。

続いて輝く青い光によって、俺を縛っていた闇がシュ―ッと音を立てて消えていった。

「な、にが……？」

俺は呆然として呟いた。赤と青、相反する二つの光に目がチカチカする。そして、その光から逃れるように逸らした目線の先には見慣れた顔があった。

「一人でなんでもやろうとするんじゃない、バカ弟」

「ライト兄上……？」

青髪に銀の瞳の青年、兄のライトが俺を見下ろしていた。

「遅くなってすまない。助けに来たよ」

兄上の言葉に俺は目を見開く。

助けに来た？　どうして？　いや、そもそもどうやって？

俺の混乱が伝わったのだろう、兄上が苦笑する。

「突然僕のところにアリファーンとアクアが現れてね。お前が危ないと言うから助けに来たんだよ」

「そう、なんだ……ってえぇ!? 待って、兄上はなんで精霊が見えてるの!?」

俺は気が付く。精霊は俺にしか見えないはず。

兄上が首を横に振る。

「わからない、けど、アリファーンとアクアが僕のところに現れた時から、僕は二人のことが見えていたし声も聞こえていたよ」

疑問は解決せず不思議に思うが、一方で、セラフィが何かしてくれたのではないか、そんな気がした。

「ほら、アル。そろそろ起き上がらないと。掴まって」

「ありがとう……」

兄上が俺を引っ張り起こしてくれる。

すると、テッラが近づいてくるのが見えた。彼は俺のすぐ隣に倒れていたヴィエントを抱き上げて言う。

『無茶なことを……だが、風のを助けようとしてくれたことは感謝じゃ』

『僕にとっても大切な仲間だから』

『お主は変わっとる。人間のくせに精霊を大事にするんじゃから』

ひねくれた言葉。だが、テッラの瞳には感謝の念が浮かんでいた。

ヴィエントには少しの間アイテムボックスにいてもらうことにした。精霊が入るか心配だったが、問題なく入って俺はほっと息を吐く。

『ところで、なぜここに水のと火の奴がおるのじゃ』

『僕にもわからない』

テッラの言葉を聞き、そういえば、と俺はすぐ傍で外神と対峙しているアクアとアリファーンを見た。

さっきまで俺の近くにいた外神がなぜか離れたところにいる。

顔の皮膚《ひふ》が爛《ただ》れているところを見るに、先ほどの赤い光はアリファーンの炎で、それによって焼かれたのだろう。表情は憎々《にくにく》しげに歪められている。

「お前たち……どこから現れた？　外部からこの防御膜の内部に入るのは不可能に近いはずだが……」

『俺たちにかかればこんなのお茶の子さいさいだぜ！』

『ふふっ、あなたに一矢報《いっしむく》いたくて、ね』

アリファーンが自慢げに胸を張り、アクアは楽しげな笑みを見せた。外神が歯ぎしりする。

「そもそも、お前の力の結晶は今は神子が持っているはず……！　なぜ力を使える!?」

『あら、アルが取り返してくれたのね！　本当にありがとう！』

『あ、うん、これのことだよね？』

アクアが外神の問いを無視してこちらを向くと、満面の笑みでお礼を言ってくる。俺はアクアの余裕っぷりに若干顔を引き攣らせながら、水色の玉を取り出して手渡した。

『そうそう、これ！　ようやく戻ってきた……』

アクアが感慨深げに玉を見る。そして、それを胸元に押しつけると、玉は青白い光を発しながらアクアの中に埋まっていく。

その玉が完全にアクアの中に入った時、彼女は軽く発光した。俺は思わず目を細めた。

『ふぅ……久しぶりに力がみなぎった感じがするわ』

アクアが満足そうなため息を漏らす。

明らかに、力を得てより美しく神々しくなったアクア。その一方で、外神の瞳には殺気がこもっていた。

「一度力を失っても、まだ懲《こ》りないようだな」

『懲りるも何も、私はあなたを倒しに来たのよ。この悪夢を終わらせるために、ね』

「ふんっ、勝手にほざいていればいい。お前らでは私に勝てないのだからな」

『本当にそうかしら？』

アクアがこちらを振り返る。彼女の目は俺ではなく、俺の隣、兄上に向けられていた。

『人間と精霊が力を合わせたら、あなたが思っているよりずっと強いのよ』

ライト兄上が剣を構える。

「みんな！　出番だよ！」

「えっ？」

「「「「はっ！」」」」

俺が間抜けな声を漏らすのと同時に大勢の声が響いた。

バッと振り返れば、そこには——

「騎士団のみんな……？」

鎧を身につけ剣を構えた大勢の騎士たちが、そこにいた。様々なことが一気に起きて呆然としていたせいか、後ろに発生した気配に気付かなかったらしい。不覚である。

兄上が頷く。

「ああ。我が家が持つベルト騎士団のうち、僕が指揮を任せられている部隊を連れてきたんだよ。ちょうど反乱の鎮圧が終わったタイミングだったからね」

「兄上……！」

迷惑をかけないように、出発したことも置き手紙でしか知らせなかったはずなのに、精霊を信じて味方を連れて助けに来てくれたことが心底嬉しい。

俺の表情を見て、兄上は笑みを浮かべる。

「でもね、アル、もっと周りを見てごらん？」

「えっ……っ⁉」

俺は周囲を見回して、あることに気付く。

「これは……水の精霊？」

小さな青い光が俺の周りにたくさん浮かんでいた。アクアがいることで下級精霊もこの迷宮に入れたようだ。あまりの数に眩しくて思わず目を細める。兄上が頷いた。

「アクアが準備してくれたようだよ」

俺は声も出ない。

帝国を発つ時にアクアが言っていた準備とは、これのことだったようだ。数えきれないくらい大勢の水の精霊によって、この場は清涼な空気に包まれていた。

今この場にいるのは、俺だけではない。アクア、アリファーン、テッラ、ヴィエント、ライト兄上、騎士団、水の精霊……多くの仲間がいた。

外神が周りの状況を見て表情を硬くする。

「たかがこれっぽっちの勢力で私に勝てると？」

『これっぽっちと言いながらも顔が引き攣っているわよ』

「……」

外神がため息を吐く。そして、目をカッと見開いた。

「いいだろう、そんなに死にたいなら皆殺しにしてやる！」

外神の体からさっきよりも濃い闇が放出される。それらはおぞましい気配を漂わせていて、悪寒《おかん》が走った。

腰が引けるみんなを見て、俺は思わず叫ぶ。

「アクア！　この迷宮全体を浄化できる⁉」

『っ！　も、もちろんよ！　少し時間があればできるわ！』

「それじゃあ頼む！　他のみんなはこのまま外神に突っ込むぞ！　アリファーン、テッラ、僕の後ろに！　兄上と騎士団は追撃を！」

『了解だぜ！』

『仕方ないな。手伝おう』

「「「はっ！」」」

俺の言葉を聞いて、みんなの目に再び士気が宿る。闇が震え、外神が怒りに満ちていることが感じられた。

「それがお前たちの選択だな？　後悔するなよ……！」

「来るぞ！」

俺の声と同時に闇が、まるでそれ自体に意思があるかのようにうねうねとうねりながら、全方位にすごい勢いで伸びていく。近づいてくる闇にどうしたらよいかわからず、騎士たちが悲鳴を上げた。

「アリファーン、闇を燃やせ！」

ゴォオオオオオオオオ！

俺の指示で赤い炎が闇を燃やしていく。どちらの勢いも凄まじく、ある一点で拮抗《きっこう》する。

俺はその隙《すき》を見て外神に向かって駆けた。

「〈光鎖《ライトチェーン》〉！」

現れる光の鎖。それを外神に投げつける。だが、届く前に闇に呑まれてしまう。

しかし、諦めない。

当たらないのであれば量で勝負する！

俺は兄上に目配せすると、そのまま魔法を連発する。

「〈光鎖〉〈光爆《ライトボム》〉〈光線《ライトレーザー》〉」

「そんなもの当たるわけないだろう！」

ドゴォン！　ドゴォン！　ドゴォン！

全ての魔法が、外神が発生させる雷によって消滅させられる。闇を発生させたうえで雷まで……

外神がどれだけ強いかが良くわかる。

だが――

「こっちもいるんだよ！」

「っ!?」

外神の後ろから兄上が剣を突き出す。外神は間一髪で避けたものの、切断された数本の髪がその場にハラハラと舞った。兄上が極上の笑みを浮かべ、外神は屈辱で顔を真っ赤にする。

「ただの人間が私に剣を向ける、だと……!?」

「人間を甘く見るからこうなるんだよ」

「おのれ……！」

黒い杖から火花が走る。杖に溜まった大量の魔力が迸《ほとばし》る、まさにその瞬間だった。

空間を青白い光が満たす。一瞬にして闇も炎も、全ての魔法が消え去った。

「え……？」

全員が動きを止める。外神すらも、何が起こったかわからない、そんな表情で周りを見回していた。

俺はある一点を見て、ハッと息を呑んだ。

「アクア……？」

『アル、お待たせ』

外神の上空に青白く発光しているアクアがいた。

美しい水色の長髪が空中で揺れ、金色の瞳は優しく微笑んでいる。

さらに、アクアの周りを水の精霊たちが囲み、キラキラと光っていた。彼女から放たれる輝きは力を取り戻した時以上で、まるで女神のよう。

彼女から発せられている清純な力が全てを浄化して、魔法を消し去ったのだった。

見惚れていた、その時。

「うぐぁ！」

悲鳴が響き渡る。その声の方を見ると、外神が蹲《うずくま》っていた。

「このままでは……私は、力を失ってしまう……！　逃げなければ……！」

まさかの事態に俺は口をぽかんと開ける。

だが、この青白い光に当てられてからこうなったことを考えれば、おのずと答えはわかった。

「もしかして、浄化の力に弱い……？」

『……考えてみれば納得じゃな。こやつはこの世界では異物じゃ。浄化とは異物を取り除く魔法。今、外神はこの世界から取り除かれそうになっているのじゃろう』

「なるほどね……」

テッラの言葉に納得する。

闇を消すためにアクアにお願いした浄化だったが、思わぬところで効果があったようだ。

『アル、この空間を保っていられるのもあと少しだと思うわ。外神が張った防御膜はあなたたちの力によってすでに弱っていたから』

アクアの言葉にハッとする。

「それはまずいね」

ここは迷宮内の上空、外神が張った球体上の防御膜の中。周りはアリファーンの炎とヴィエントの風に包まれたままだ。このまま防御膜が決壊すれば、俺たちは空中に放り出されることになる。

俺も精霊も問題ないが、兄上や騎士たちは困るだろう。

「外神はこのまま放っておけば消滅する？」

俺の少し期待をこめた言葉にアクアは首を横に振る。

『さすがに無理だと思うわ。それよりも早く防御膜が決壊するはず。早くとどめを刺した方が良いわ』

「わかった」

俺は外神の傍まで歩いていき、首筋に剣を向けた。

精霊たちが、兄上が、騎士たちが、ごくりと唾《つば》を呑む音が聞こえた気がした。

外神が顔を歪めて笑う。

「ふっ、人間が私を殺せると、思っているのか……？」

「ああ。僕たちは今日、何度も不可能を可能にしてきた。だから、また不可能を可能にする、それだけだ」

俺一人ではここまでたどり着くことはできなかった。そもそも、防御膜を破ることすらできなかっただろう。

外神には恨みがある。

外神に力を奪われて苦しんだアクア。

外神によって精神操作された帝国の前皇帝。そのせいで苦しんだ帝国民たち。

父親を自分の手で殺すことになってしまったリョウ。

そして――

もう二度と会えないルミエとマレフィ。

彼らのことを思うと、外神のことを憎まずにはいられない。

俺の目から一滴の涙が零れ落ちる。

それを見て、外神が驚きの表情を浮かべた。

「そなたも、泣くんだな」

「えっ？」

俺は耳を疑った。

初めて聞く外神の純粋な問い。いつも余裕そうで人間を見下している外神の態度からすれば考えられない言葉に、俺は目を見開く。

外神が俺の表情を見て、気まずそうに言う。

「いや、私が今まで見てきた、人間の身には過ぎた力を持った者たちは、皆、涙なんてものとは無縁だったからな。力に執着し、死ぬも生きるも自分の思うまま。涙なんて流したこともない、そんな者ばかりだった」

「……」

「そなたは、違うのだな」

外神が穏やかな表情を見せた。

なぜかはわからない。だが、彼にも辛い過去があるのかもしれない、懐かしい過去があるのかもしれない、そんな気がした。

「さようなら」

俺は勢いよく剣を振り上げる。その刀身に浄化の光を纏わせて。

——また会おう。

剣を振り下ろすその瞬間、そんな言葉が聞こえた気がした。

ザッ。

外神の体が崩れ落ちる。これで終わった……その、はずだった。

プシュゥ。

頭のなくなった首から闇が溢れ、浄化の力よりも早く空間に充満していく。

「アル！　危ない！」

「っ!?」

兄上の叫び声に、外神の首を斬ってぼんやりとしていた俺は慌てて死体から離れる。

瞬く間に俺がいたところは闇に呑まれていた。

「厄介なものを残していってくれたな……」

兄上が呆然と呟いた。

防御膜が壊れるまではあと僅か。ここは一応迷宮内だから、このまま闇を放置して出ても、地上に迷惑がかかることはない……はずだ。

だが、この闇は理を無視した外神が残したもの。

特性は詳しくはわからないが、俺は捕まった時に「自分」というものがわからなくなっていくように感じた。精神支配系の効果をもたらすのだろうとはなんとなくわかる。

万が一にでもそんなものが地上に出てしまえば、この国は滅亡するだろう。

せっかく外神を倒したのにそんなことになれば意味がない。

つまり、闇が地上に漏れる可能性を潰しきらない限り、このまま防御膜を壊して外に出るわけにはいかないのだ。

「ああ、もう！　外神を倒しても素直に喜べないのかよ！」

思わず叫ぶと、いつもと違う口調に、兄上がぎょっとしたように俺を見た。

グラッ。

「「「「うわっ!?」」」」

足元が揺れた。防御膜がそろそろ限界のようだ。

上空で今も必死に浄化の力を使っているアクアを見る。

「アクア！　どれくらい持ちこたえられる？」

『あと少しなら……！』

少し離れたところから見てもアクアの表情は苦しげ。俺は腹を決めた。

「みんな、少し離れていてください」

「アル！　何するつもりだ!?」

兄上が驚いた表情を浮かべて叫んだ。俺は冷静に告げる。

「僕がこの闇を消します」

「アクアでもできないのにできるわけが……」

「できなくてもやるしかないでしょう！　このままでは王国が危ないのですから！」

俺の断固とした口調に兄上がウッと言葉を詰まらせる。

じっと見つめ合う。

やがて、兄上はため息を吐くと、諦めたように言う。

「絶対に無茶はするなよ」

「わかってます」

その信頼に、俺は頷いて答えた。

深く息を吸う。両手を胸の前に組み、目を瞑る。

ムママトが言っていた。俺には、その魔法を使いたいと願えば使い方がわかると。

——この闇を消し去る方法を教えて。


そう願うと、魔法の使い方が浮かび上がってくる。難しいができなくはない。

目を開けると自然と笑みが浮かんだ。

スッと両手を広げる。

「創造の神よ、我が呼びかけに答えよ」

神への祈りの言葉を紡ぐ。

「全ての穢《けが》れを払い、この場に光を」

セラフィ、見てる？　僕に力を貸して。

「神子たる我に救済の力を」

キッと目を見開く。広げた両手に光が溢れてくる。どんどん広がっていく光をそのままに、俺は言葉を締めくくった。

「〈浄化と救済の光《グロリア》〉」

唱えた瞬間、全てのものが光に包まれた。

「こ、これはッ……!?」

兄上が言葉を漏らす。

神の光と外神の闇、二つがぶつかったことで凄まじい衝撃波が俺たちを襲った。

闇が消滅していく。

パアンッ！

同時に防御膜が決壊した。

「落ちるっ……！」

誰かが悲鳴を上げる。だが、光が俺たちを包み込み、ふわりと浮かび上がらせた。

「えっ……」

誰かの呆けた声がする。

誰もがそれ以上声を出せないまま、俺たちはゆっくり着地した。

兄上が声を震わせる。

「な、にが……」

「この魔法は救済を願うものです。神様が助けてくれたのでしょう」

「っ……！」

兄上は言葉を失い、ただ呆然と俺を見つめていた。

全ての光が収まった時、闇は消え去り、俺たちの周りには迷宮が広がっていた。

「「「わぁぁぁぁぁぁああ！」」」

歓声が上がる。

精霊たちはキラキラと輝き、喜んでいることが伝わってきた。

「よかっ……あれ……身体が……」

全てが終わったことに安堵した途端、身体から力が抜け、視界がぐるんと回った。

「アル!?」

兄上の叫び声がどこか遠くから聞こえる。

いつも倒れている気がするな。心配かけてごめん。

でも、ちょっとだけ休ませて……

そう思ったのを最後に、視界は暗転した。

第九話　終わったと思ったのに……

『あれ、ここは……？』

気が付けば俺は、昨日も見た玉座の前にいた。

確か迷宮で外神を倒して、それで……

『あなたが意識を失ったから、ちょうどよかったし私がここに呼んだのよ』

これも昨日と同じ。声が聞こえてきた方向を見ると、思った通りの人がいた。

『セラフィ！』

彼女は昨日会った時よりも柔らかい笑みを浮かべていた。

セラフィがすっと頭を下げる。

『アル、あなたのおかげで外神の危機から世界を守ることができたわ。本当にありがとう』

『ううん、これは自分のためでもあるから。お礼を言われることじゃない』

『それでも、私たち神が対処しなければいけないことだったから。それに外神の住処があの迷宮だっていう情報が罠であることにも気付けなかったし……世界を救ってくれて本当に感謝しているわ』

『どういたしまして』

俺が微笑むと、セラフィも優しい表情を浮かべた。

『でも……』

セラフィはすぐに笑顔を引っ込めて、今度は何かを憂《うれ》える表情になる。

『少し気になることもあるの』

『気になることって？』

俺は首を傾げる。外神によって起きていた反乱は魔剣を回収すれば終わるだろうし、自然災害も外神が起こしていたものだからこれで終息するはず。他に何か問題があっただろうか。

セラフィが躊躇いながらも口を開く。

『あんなに簡単に外神が死ぬことが少し信じられないの。理が通じない神だからこそ、私たちは以前苦労したんだもの』

『確かに……』

以前の戦いについて俺は詳しくは知らない。でも、神と精霊がかなり苦戦したことは聞いていた。

だからこそ、セラフィにそう言われると納得してしまう。

『私たちは倒す方法を見つけられなかったから、封印するしかなかった。浄化がダメージになるというのも知らなかったし。けれど……』

『けれど？』

『あれほどの力を持った外神が、たとえ浄化の力によって弱っていたとしても、剣で首を斬られただけで死ぬかしら』

俺は少しの間、沈黙した。

セラフィの言葉は多分に彼女の直感を含んでいるが、言われてみればそうだ。

『それはつまり、外神がまだ生きていると、そういうこと？』

俺は絞り出すようにして声を発した。あんな敵がまだ生きているなんて考えるだけでも嫌だ。それでも、聞かずにはいられない。

セラフィが苦しそうに頷く。

『その可能性が高いんじゃないかと、思っているわ』

『そんな……』

言葉を失う。あれだけ苦労して倒したのにまだ生きているだなんて。

さっきまでの喜びの気持ちが嘘のようにしぼみ、顔が歪む。

俺の表情を見てセラフィが慌てる。

『ま、まだわからないわ。本当に死んだかもしれないし。でも、一応ね、何かあった時のために伝えておこうと思ってね』

『うん……ありがとう』

複雑な気持ちになりながらも一応お礼を言った。

とはいえ、生きているとして、どのタイミングでどうやって逃れたというのか。俺はずっと外神を見ていたし、あいつは消えもしていない。

首をはねるその瞬間まで、外神が俺から逃げることなんてできなかったはずなのだ。

いくら考えても答えは出ない。

だからこそ、もう外神は死んだのだと、そう思いたいが、セラフィの言葉と空耳だと思った外神の「また会おう」という言葉が消えずに耳の奥に残り、断言もできずにいた。

もしあれが空耳ではなかったとしたら？

また会える自信があった？

そもそも倒されるつもりもなかった？

考えれば考えるほどわからなくなる。俺は拳を握りしめていた。

もっと何かできることはなかったのだろうか？

確実な手が何かあったのでは？

そんな俺に冷たい手が触れる。

『ごめんなさいね。もっと確実なことを言えればよかったのだけど……』

セラフィが俺の拳を両手で包んで、申し訳なさそうに言った。

そういえばこんなことが前にもあったな……確か皇城の庭園で、あの時はセラフィではなくアクアだった。不安な俺を慰めてくれる手だった。

懐かしく思ううちに、心が静まっていくのを感じる。

俺は首を振った。

『大丈夫。僕も取り乱してごめん』

『ううん。こんなこと言われたら取り乱して当たり前よ』

セラフィが弱々しく微笑む。外神に関する事柄については、セラフィでも正確なことは言えない。この世界の存在ではないから。

仕方がないのに、セラフィは申し訳なく思っているようだった。

『セラフィ、そんな心配そうな顔しないで。大丈夫だから』

『でも……』

『もし外神が生きていても、すぐに出てこないということはある程度のダメージを受けているんだろう。それに浄化の力が弱点だとわかったし、次こそは倒してみせるよ』

俺は笑ってそう言った。

強がりを言っているってわかっている。それでも、今回できないと思っていたことがみんなの協力でできたのだ。ならば、それをもう一度するだけ。

そう思えば少しは気が楽だった。

セラフィが目を潤《うる》ませる。

『アル……ありがとう。私たち神も外神を倒す方法を見つけられるよう頑張るわね』

『うん、よろしくね』

俺は微笑んだ。

もしもう一度外神が現れても、今度こそ倒す。そう、自分自身に誓って。

そういえば、と俺はセラフィに尋ねる。

『みんなは無事？』

『もちろん無事よ。アリファーンが全員を迷宮から外に連れ出していたわ』

『アリファーン、そんなこともできるの……？』

セラフィが笑う。

『あなたが防御膜の中に飛び込んでアリファーンだけが置き去りにされた直後、精霊神が転移能力を授けたのよ』

『能力を授けた⁉』

思わず叫んでしまった。神様が能力をあとから授けるなんて聞いたことがない。

それとも、精霊神――ムママトのことだが――だから精霊になら能力を授けられる、ということだろうか？

俺の表情があまりにも険しかったのだろうか、セラフィが笑い声を漏らす。

『ふふっ、そんなに難しいことじゃないわ。それにあなただって経験しているはずよ？』

『え？』

俺は口をぽかんと開ける。そんな、授けられたことなんて……あっ。

『もしかして、加護のこと？』

『正解。今回は特別だったけれどね』

なるほどと納得する。確かに加護はあとから授けられたし、一緒に能力ももらった。それが精霊にも通用するとは思わなくて、パッとは思いつかなかったが。

『でも、特別ってどういうこと？』

『精霊は元からみんな精霊神の加護を与えられているわ。でも、今回はアリファーンにさらに加護を重ねがけした形なの。そのおかげで、普段は契約者の近くに現れることしかできなかったのが、どこにでも自由に動けるようになったのよ。それで、あなたのお兄様やアクアを遠くから連れてくることができたの』

『そういうことだったんだね』

一気に謎が解けた。なぜあの場に兄上と騎士団、そしてアクアが現れたのか。しかも外部と完全に隔《へだ》てられていたであろう防御膜の中にまで。

ずっと疑問だったが、ムママトがアリファーンに加護を与えたからだったらしい。直接は無理でも、こうやって間接的に手助けしてくれていたことが嬉しくて思わず笑みが浮かぶ。

『精霊神はあなたが危機に陥ってやきもきしていたから。加護の重ねがけなんて対象の体が耐えられない可能性もあったけれど、アリファーンはあなたへの忠誠心で耐え切ってみせた。本当に良かったわ』

『僕もアリファーンにお礼を言わなきゃね。ムママトにも伝えてくれるかな？　いつ会えるかわからないから』

『ええ、伝えておくわ。ちなみにあなたのお兄様に精霊を見えるようにしたのは私よ。私の場合は創造神として加護を与えるのが難しいから、スキルを与えた形だけれど。いくらアリファーンが色々なところに行けて、他の人も一緒に移動できたとしても、精霊が見える人間がいなかったら意味ないもの』

『セラフィだったんだ！　ありがとう……！　兄上がいてくれて本当に心強かった！』

『ちょっ、アル⁉　は、恥ずかしいわ……』

俺は思わずセラフィに抱きついていた。

思っているよりも色々な人に助けられていたようだ。

そのことを再認識する。

俺はセラフィから離れて満面の笑みでもう一度お礼を言った。

『本当にありがとう』

『や、やっと離れてくれた……ドキドキしてた音聞こえてないわよね、大丈夫よね……』

『ん？　大丈夫？』

『だ、大丈夫よ！　どういたしまして！』

なぜ慌てているのだろうか？　まあ、大丈夫ならいっか。

そう思うのと同時に、俺の身体が透け始めた。

『そろそろ時間ね』

『うん、きっとみんな僕が目覚めるのを待っているはずだから』

セラフィが寂しそうな表情を浮かべて言う。

『また会いましょう』

『もちろん！』

別れの挨拶をして意識が消える直前、セラフィが思い出したように口を開く。

『言い忘れていたけれど、ルミエとマレフィにもう一度会うことは可能よ。あなたならできるはず。

アクアに聞いてみるといいわ』
『えっ、セラフィ⁉　どういうこと⁉　ちょっと⁉』
思わぬ言葉に俺は目を見開いて叫んだ。
だが、セラフィは答える気がないのか、にっこり笑うと手を振る。
『それじゃあ、またね……』
『ちょっ、セラフィー！！！！！』
俺の叫びも虚しく、視界は暗転した。

†

「はっ！　い、今のはどういう……」

「アル！　起きたんだね！」

「あ、兄上⁉　ってぐ、ぐるじい……」

がばっと体を起こした時、俺の目の前にいたのはライト兄上だった。心配そうな表情を喜びに変えると、ばっと抱きついてくる。

いつも愛情表現が過激すぎるんだ兄上は……！

「本当に心配したんだからね！　迷宮の中で倒れるから何か問題があったのかと思ったよ！」

俺が兄上の腕の中でジタバタしていると、今度は肩を掴まれて揺さぶられる。いや、待って、吐いちゃう、吐いちゃうから……！

「あ、ごめん」

「う、うん……ほ、本当に危なかった……」

顔色の悪くなった俺に気付いたのだろう。兄上はぱっと離れてくれた。

息を整えていると、心配そうに顔を覗き込まれる。

「大丈夫？」

「え、ええ、大丈夫、です……」

俺はそう答えて苦笑した。幼い頃からこんな感じだから慣れてしまった。

周りを見回すと、そこは王城にある俺の部屋のベッドだった。

「兄上がここまで運んでくれたのですか？」

「いや、アリファーンだよ。僕たちを迷宮から出して、そのままアルと僕はこっちに連れてきてくれたんだ」

『ご主人様！　目が覚めたのか！』

兄上の言葉のすぐあと、アリファーンがさっと現れた。元気そうな様子に俺は思わず笑い声を漏らした。

「ああ、ちょうど今さっきね。アリファーン、兄上やアクアを連れてきてくれてありがとう。本当に助かった。それにここまで連れ帰ってくれたことにも感謝してる」

『ご主人様のためならこれくらい全然問題ないぜ！』

元気よく言うアリファーン。よくよく見ると、以前よりも力強い輝きを放っている。加護を重ねがけされたからだろう。

その時、背後から咳払いが聞こえてくる。

『ふんっ、人間のくせにしぶといのじゃな。てっきりもう目を覚まさないかと思ったのじゃが』

「テッラ！」

『いちいち名前を叫ぶんじゃない』

ぴしゃりと言われてしまう。嬉しくて叫んでしまっただけなのだが、照れ臭かったらしい。耳が真っ赤になっていた。

「素直じゃないなぁ」

『う、うるさい！　それよりも風のをそろそろ出してやってくれ。きっと目を覚ましているはずじゃ』

「あ、忘れてた。教えてくれてありがとう」

テッラの言葉で、ヴィエントをアイテムボックスの中に入れていたことを思い出す。俺がそこからそっと取り出すと……

『はーーー！　やっと外に出られたよー!!』

ヴィエントがすごい勢いで室内を飛び回る。その言葉から察するに、もうずっと前に目が覚めていたのだろう。アイテムボックスに閉じ込めっぱなしで悪いことをした。

「ヴィエント、体調はどう？」

『大丈夫だよ！　力を取り出されそうになって気を失ったけど、お兄さんのアイテムボックスで十分休ませてもらったからね！』

「それなら良かった」

思いのほか元気な様子を見て、俺は一安心する。

今度は別の方向から清涼な雰囲気を感じ取った。

『もう大丈夫みたいね、アル』

「アクアもいたんだ。大丈夫だよ、ちょっと疲れて気を失っただけだから」

実際には多分、魔力切れを起こしていたのだろう。最後に使った魔法は今までで一番魔力を消費した。創造神に祈る魔法だったたからだろうか。

そんなことを考えていると、前方からじっと見つめられていることに気付く。

「兄上、どうしたのです？」

「いや、こうして見えるようになってみると、アルの周りって精霊が多いなと思ってね……」

「精霊神様が僕に魔法や剣の使い方を教えてくれたので。それに魔眼で精霊が見えるので仲良くなりやすいのです」

「精霊神様に教えてもらったの⁉」

「あ」

口を滑らせたことに気付く。慌てて口を押さえるが時すでに遅し。しかも……

「アルちゃん？　今のどういうことかしら？」

「アルくん！　まだ内緒にしてたことがあったなんて……お義姉ちゃんは悲しいです！」

ちょうど部屋に入ってきた母上と義姉上に聞かれてしまったらしい。母上は笑みを浮かべながらも目は笑っておらず、義姉上は頬を膨らませて怒っていた。

「あはは……冗談ですよ……？」

「「「絶対嘘！」」」

ハモる三人に気圧される。

結局俺は、外神のことを含めて全てを打ち明けることになった。

色々隠してきたこれまでの生活は一体……

俺は三人から質問攻めに遭いながら途方に暮れたのだった。

「もう隠していることはないわよね？」

「ないです」

「本当に？」

「本当です」

それからしばらくして。全てを話し終えた時、俺は三人からジト目を向けられていた。背後で精霊たちが笑っている。

執拗に確認した母上がため息を吐く。置き手紙だけ置いていなくなるなんて……

「ほんっとうに心配したのよ！　置き手紙だけ置いていなくなるなんて……！」

ガバッと抱きつかれる。その声が涙声であることに気付き、俺は鼻の奥がツーンとした。

「母上……心配かけてすみませんでした」

「何度心配かければ気が済むの……残された私たちの気持ちにもなってちょうだい……」

肩に冷たいものが落ちる。俺は黙って母上の背中を撫でることしかできない。

少ししてから母上が離れる。その目には涙が光っていたが、晴れやかな笑顔だった。

「無事でよかったわ。おかえりなさい」

「ただいま、母上」

俺は笑みを浮かべながら思う。

こうやって自分のことを愛して心配してくれる人を悲しませるようなことだけは、絶対にしたくない。

だから、もっと強くなろうと。もっと強くなって誰にも心配かけず、みんなを守れる人間になろうと。

明るい日が差し込む部屋、みんなに囲まれて俺はそう決心したのだった。

第十話　再会、そして決意

『そう……それで創造神様に、私に聞くように言われたのね』

「うん。何か知っていたら教えてほしい。ちょっとしたことでも、なんでもいいから」

迷宮から帰還して数日後。ある月が明るい夜。

俺はアクアとともに庭園を歩いていた。そこはアリファーンと出会った場所でもある。

この数日の間に、様々なことがあった。

まず一つ目は、俺が成人した時、公爵に陞爵《しょうしゃく》することが決まった。

陛下に一連の出来事を説明したところ、国を揺るがす危機を救った者に伯爵位は妥当ではないと言われたのだ。侯爵位を飛ばすまさかの陞爵に俺は異を唱えたが、残念ながら聞き入れてもらえなかった。

『これは決定事項だ。それでもお主に配慮して成人後と言っているのだから、これで我慢してくれ』

そう言われてしまえば、もう何も言えない。それに、成果に見合った報酬を与えなければ、王家が貴族から責められてしまう可能性もある。

　また、反乱の結果についても聞いた。全ての反乱貴族が捕らえられるか、戦闘で死亡するかして反乱は終結。俺を見舞いに来た家族の中に父上の姿が見えなかったのは、それらの後処理に奔走《ほんそう》していたからだったようだ。ちなみに反乱が終わったことでマーク侯爵家は王都の屋敷に戻った。

　また、外神を倒したのと同時に魔剣は消え失せたそう。俺はその知らせに安堵した。

　まだ確定ではないが、それでも、外神の製作物が消えたなら、外神がこの世に存在しなくなった可能性が高いからだ。

　そしてもう一つ。義姉上とシルヴェスタ王子殿下の婚約式が一ヶ月後に決まった。

　今回の反乱で多くの貴族が処刑や爵位剥奪となったため、大なり小なり混乱が生まれているらしい。少しでも良いことがあれば国民は安心するだろうという陛下の計らいで、二人の婚約式が早められたのだ。

　シルヴェスタ殿下はそのルックスと学園での優秀な成績、かつ、すでに外交官として挙げている成果のおかげで国民からかなりの支持を得ている。

　そしてマーク侯爵家は俺が学園の一年生だった時に起こった王都動乱でかなりの功績を挙げ、また元々父上が剣聖の称号を持っていたこともあって、国民から絶大な人気を誇っている。義姉上自身もその社交性から社交界の華と呼ばれていた。

　この二人の婚約発表で、活気を少しでも取り戻せるだろうという陛下の思惑は、当たっていた。

発表された途端、暗く沈んでいた国民たちは賑わい、以前ほどとまではいかなくても、明るい活気ある国に戻り始めたのだ。

婚約式を終えれば、義姉上は妃教育のために忙しくなるだろう。しかも実父——俺にとっては叔父にあたる——が遺した領地と財産を継ぐことも決まっていると聞いた。王妃になったらその領地は国領となるらしいが、それまでは、王太子妃の間も含めて領主をすることになるらしい。

一抹《いちまつ》の寂しさを抱くものの、そろそろ姉離れすべき時が来たのだろうと俺はぼんやりと考えていた。

ちなみにシルはその婚約式の準備で忙しいらしく、ほとんど会えていない。国王陛下が反乱の始末で忙しいため、婚約式に関しては会場の準備などの指揮を全てシルに任せたのだ。そのせいで、俺がシルに会ったのは迷宮から帰ってきた時だけである。

『一緒に背負わせてって言ったのに！』

泣いて怒られて、今後は絶対に行動する前に相談するように、と約束させられた。

俺としては話を聞いて心配してくれる人がいる、それだけでとても救われていたのだが、母上に言ったら「乙女心《おとめごころ》をわかってないわね」とお叱りを受けてしまった。

乙女心とはいったい……？

そして、今。

俺はマレフィとルミエにもう一度会う方法をアクアに聞いていた。

セラフィからアクアに聞くように言われて以来何度も話そうとしていたのだが、一人になれる時間がどうしてもなかったのだ。

俺の右手にある金と黒の玉を見て、アクアが微笑む。

『アル、その玉は精霊の力の結晶よ。命とも言えるもの。外神に無理やり取り出される過程で二人が体を失ったとしても、その玉が存在している以上、二人は決して死んでしまったわけではないの』

『でも、これが精霊にとっての命というなら、アクアはなぜこれを失っても存在できたの？』

『私の玉は少しだけ欠けていたでしょう？　あの欠片が私の中に残っていたからよ』

『なるほどね』

アクアの言う通りこれが精霊にとっての命であるならば……

「それじゃあ、この玉が入る器を創れば二人は生き返る……？」

『ええ。創造神から加護をもらっているあなたなら、できるんじゃないかしら？』

俺は頷いた。

体を創る、それ自体は一度行っていた。

そう、ダークの時に。

闇ギルドに妹のシエルを人質に取られて暗殺の仕事を命じられていたダークを救うためには、彼の姿かたちを変える必要があった。

だから、髪や瞳の色を変え、かつ最盛期の能力が出せるよう若返らせた体を俺が用意したのだ。

もちろん、魂を込めれば成長もするし髪も伸びる普通の体。俺が創ったということ以外なんの変《へん》哲《てつ》もない。

だから、二人の体を創るくらいなんてことない。

玉をいったんしまい、両手を体の前に持ってきて息を吸う。そして――

「〈創造《クリエイト》〉」

そう唱えると、両手に光の粒子が集まり二人の体を形作っていく。

「くっ……」

勢いよく魔力が抜けていく感覚に膝をつきそうになるが、必死に耐える。失敗するわけにはいかない。いや、それ以上に二人に早く会いたかった。

『ほんと、アルの力は異常ね……』

アクアが何か言っているのが聞こえるが、今の俺はそれに反応する余裕がなかった。必死に二人の姿を思い出し、魔法を使い続ける。

どれくらい経っただろうか。長かったようにも一瞬だったようにも感じられる時が過ぎ……

「できた！」

『お見事』

俺の目の前にはまるで眠っているかのような姿のルミエとマレフィがいた。アクアがパチパチと拍手してくれる。

『何をしているかと思えば……これは……』

スッと現れたテッラが二人の姿を見て呆然とする。飛び出してきたアリファーンとヴィエントに至ってはその場で固まっていた。

俺は期待を込めた目でアクアを見る。

「アクア、これで二人は……」

『ええ、元に戻るはずよ。ほら、見て』

「あっ、玉が……！」

しまったはずの玉がひとりでにふわふわと宙に浮き、俺が今しがた創った体に引かれるように飛んでいく。俺の魔法は上手くいったらしい。体と玉がぴったり合うから引かれるのだろう。アクアの時と同じように、玉は二人の胸元まで来るとスッと溶けるように馴染んでいく。

そして、玉が完全に見えなくなった瞬間、二人の体がピカッと光った。空も明るく輝く。

「眩しい……！」

俺は思わず目を瞑る。そして。

『アル。久しぶりね』

『お主は本当にどこまで強くなるのだ』

懐かしい声。俺が恐る恐る目を開けると、そこには微笑んだルミエと呆れた表情を浮かべながらも微かに口元に笑みを湛えたマレフィがいた。

「ルミエ！　マレフィ！」

『まあまあ、強くなったと思ったら甘えん坊になったのかしら？』

『こらっ、放せ！　妾《わらわ》は抱き枕じゃないのだぞ！』

俺が叫んで二人に抱きつくと、ルミエは優しく頭を撫でてくれた。マレフィは身を捩《よじ》って逃げようとしているが、俺は放さない。ようやく再会できた二人と離れたくなかった。

目頭がジンとする。

「会いたかった……すっごく会いたかったよ！」

涙声かもしれない。それでも、俺はちゃんと伝えたかった。二人に会いたかったことを。

ルミエがぎゅっと抱きしめてくれる。

『私も会いたかったわ……アル、体を創ってくれて本当にありがとう』

「ううん、僕が二人に会いたかっただけだから。僕の方こそ、外神から守れなくてごめん……！」

ルミエに縋りつくようにして言った。きっと声はくぐもっていて聞こえづらいだろう。それでも、伝わっていることがわかる。

『はぁ……絆《ほだ》されたものよの、抱きつくのを許したことなんてないのだぞ』

気が付けばマレフィが抵抗をやめて、俺にされるがままになっていた。少し顔を上げてマレフィをジーッと見る。

『な、なんだ？』

「ううん、ただ可愛いなぁと思って」

口調はぶっきらぼうで、内容も文句だが、俺から見ればマレフィが恥ずかしがっているようにしか見えない。目を逸らして照れた表情を浮かべているところを見るに、いつものツンデレを発揮しているだけだろう。

マレフィが口をとがらせる。

『お主、あんまり変なことを言うようなら今すぐ振り払うぞ』

「それは悲しいなぁ」

『絶対悲しくなんてないじゃろう！』

マレフィがぷりぷりと怒る様子を見て、俺は思わずクスッと笑う。

こんなやり取りも懐かしくて仕方がない。ルミエとマレフィと過ごしてきた時間は長い。だからこそ嬉しさもひとしおだった。

俺は二人からそっと離れる。名残惜《なごりお》しかったが、いつまでも抱きついているわけにはいかない。

その時、固まっていたヴィエントとアリファーンがハッと動きを取り戻す。

『……僕、一生お兄さんには逆らわないよ』

『ご主人様は最強だぜ！』

ヴィエントの戦々恐々とした口調、アリファーンの誇らしげな口調、どちらにも思わず笑ってしまう。すると、ルミエがあっと声を漏らす。

『アル、もしかして風の上級精霊と土の上級精霊、火の上級精霊とも契約したの？』

「うん。二人を外神から助け出すには精霊の力がどうしても必要だったからね」

『つまり、お主は今、光、闇、火、風、土の五属性の上級精霊と契約を交わしているというわけか……どんどん人じゃなくなっている気がするのだが……』

マレフィの言葉に苦笑するしかない。

今回ライト兄上が精霊を見ることができるようになったが、そもそも精霊を視認すること自体、かなりイレギュラーなのだ。

それが上級精霊五人と契約を結んでいるとなれば、人外と言われてしまうのも自分のことながら納得だった。

「二人は契約してから初めて会うし、紹介するね。風の精霊のヴィエント、土の精霊のテッラ、火の精霊のアリファーンだよ」

『仲間ができて嬉しいわ。私は光の精霊のルミエ。よろしくね』

『闇の精霊のマレフィだ』

温かく微笑むルミエと対照的にマレフィは面倒くさそう。まあ、これぱっかりは慣れてもらうしかないな。

俺たちの会話を聞いていたアクアが残念そうに呟く。

『私もあなたと契約できたらよかったのだけど。まだ前の契約が残ってしまっているのよね……』

「でも、呼んだら来てくれるんだよね？」

『もちろん』

「じゃあ契約がなくても仲間であることに変わりはない。これからもよろしくね」

俺はそう言って微笑む。

契約は仲間の証《あかし》ではあるが、それがなくても仲間と言える関係はあると思う。

アクアのことは信頼している。

彼女が守っているのは帝国なのに王国の俺たちに手を貸してくれるのだから、仲間と言わずしてなんと言えよう。

アクアが嬉しそうに頷く。

『ええ！　こちらこそよろしくね』

俺は、改めてみんなを見回す。

ここに集まっているのは、六属性の上級精霊たち。そして、心強い仲間だ。

彼らがいればきっとどんなことでも乗り越えていける、俺は今度こそそう確信した。

マレフィが不意に口を開く。

『そういえば、妾に新しい力が宿ったようだぞ』

「新しい力？」

首を傾げる。俺は体を創っただけだから新しい力なんて宿るはずがないのだが……

マレフィはうむと頷くと、右手を突き出す。

『ちょっと魔力をもらうぞ』

「え？　構わないけど……」

俺が戸惑いながらも了承すると、少しだけ魔力が抜き取られた感覚があった。それと同時にマレフィの右手から光が走る。

バチバチバチッ！

……光？　マレフィは闇の精霊なのに？

混乱しながらも光が走ったところの地面を見ると、焦《こ》げていることに気付く。まさか……！

「雷の、力？」

『そのようじゃの。雷は人間が勝手に生み出した新たな属性だから、精霊がいない。妾がこの力を持ったことで、この世にたった一人の雷の精霊の誕生じゃの』

マレフィは満足げに一人うんうんと頷いている。珍しくとても機嫌がいいことがわかった。

「そ、それはよかった……？」

『ああ。これで妾の能力もだいぶ上がったじゃろう』

「それなら良かった」

俺は改めて言い直して、ほっと息をつく。

なぜそうなったのかはわからないが、マレフィが満足しているようならそれで十分だった。

しかし、これで終わりではなかった。何を思ったのか、唐突にルミエが手を前に出す。

「ルミエ？　何を……」

ピキピキピキッ！

俺が言い終わる前に目の前に光が走り、気が付けばそこにあった花が氷漬けになっていた。呆然とする俺に、ルミエが微笑む。

『アル、私も氷の能力を手に入れたみたいだわ。氷も雷と同じで精霊はいなかったから、ちょうど良いわね。アクアじゃなくて私に、というのが気になるけれど』

「う、うん、そう、だね……びっくりした……」

俺は顔を引き攣らせる。

唐突に発動された精霊魔法に普通に驚いたのだ。

というか、なんで二人は新しい力を手に入れられたのだろう？

セラフィからは何も聞いていないし、そもそも光と闇の精霊なのに属性が増えるなんて良いのだろうか？

首を傾げる俺を見て、アクアが笑いながら言う。

『アルに体を創ってもらったからかもしれないわ。なんて言ったって創り手は神子。自然に特別な力がついてもおかしくはないと思う』

「そういうもの？」

『そういうものよ』

アクアの言葉にも一理ありそうだ。だが、ここまで来るともう、なんというか、自分でも自分が人間じゃないような気がして複雑だ。

顔をしかめている俺を見て、ルミエが苦笑する。

『私は嬉しいわ。氷の力も使えればアルをもっと助けられるしね』

『まあ、妾も闇と雷があれば、今回みたいに外神に攫われるような失敗を犯さずに済みそうよの』

「二人が喜んでくれたならそれでいっか」

単純と言われるかもしれないがいいだろう。

笑みを浮かべる俺を見て、精霊たちの間に和やかな空気が流れる。

そんな中、アクアがあっと声を上げた。

『アル、私はそろそろ帝国に戻るわね。ここに精霊が集まりすぎて自然に影響が出てきちゃっているから』

「えっ……あ、ほんとだ」

アクアの言葉を聞いて庭園を見回すと、季節外れの花たちがたくさん目に入る。

俺は苦笑した。

「上級精霊の力ってすごいね……」

『これからは五人も連れ歩くことになるのだから、気にするようにね。行く先々で天変地異を起こさないように』

天変地異⁉　そんなこと……

「ありえない……って言いたいけど、ありえないことじゃないのが怖いね。気を付ける」

今こうなっている以上、アクアの言葉は否定できなかった。

『じゃあ、アル、また会いましょう』

「ああ、何かあったらすぐ呼んでくれ。飛んでいくから」

俺の言葉にアクアは笑顔で頷いた。

『またね、アクア』

『妾はもう会うことはないと思うがの』

『水の、達者でな』

『お兄さんのことは任せて！』

『また遊びに行くぜ！』

口々に別れを告げる精霊たち。なんだかんだ言ってみんな仲良さそうでほっとする。

『みんなも元気でね。アルを頼んだわ』

アクアはそう言うと、スーッと空に消えていく。

六人がまた揃う日はそう遠くない。

アクアを見送りながら、俺はそんな予感がした。

なんとなくしんみりとした空気が漂ったその時。

「アルくーん！！！」

背後から声が響いた。

聞き馴染みのある声。まさか⁉

声の方を振り返ると、そこには……

「シル⁉」

こちらに駆けてくる婚約者の姿があった。

会いに来てくれたのかと思って一瞬嬉しくなるが、何か様子がおかしいことに気付く。

シルの表情が泣きそうなのだ。

何かあったのだろうか？

俺はそう思うといてもたってもいられなくなり、自分からもシルの方に近づいた。

「はあ、はあ、はあ……と、突然ごめんね」

「大丈夫だよ。それより、何かあった？」

俺の傍まで来たシルは息を切らしていた。そんなに急いで走ってくるとは、何か大変なことが起こったとしか考えられなくて、俺は性急に尋ねてしまう。

シルはすー、はー、と深呼吸をすると、その大きな瞳でまっすぐ俺を見つめ……

「魔法が、魔法が元に戻ったの！」

満面の笑みでそう告げた。予想と違う種類の話で思わず固まる。

俺より先にシルの言葉の意味に気付いた人がいた。

『あっ……すっかり忘れていたわ』

ルミエだった。そこで俺も思い出す。

シルは光の愛し子で、ルミエが力を奪われたことで魔法を使えなくなっていたのだ。今は普通の魔法の使い方を学んでいる最中だったはずだが、ルミエが戻ったことで愛し子としての力が復活したのだろう。

俺は笑顔でシルに言う。

「元に戻ったんだ！　良かった！」

「ええ！　もしかして、ルミエ様が戻られたのかなと思ったのだけど違ったかしら？」

鋭い。俺は頷く。

「ちょうど今、ルミエが戻ってきたところだよ。多分それで力も戻ったんだと思う」

「やっぱり！　ありがとう、本当にありがとう！」

「あっ、ちょっ、シル!?」

シルが何度もお礼を言いながら抱きついてくる。

今日はハグの日なのだろうか？　いや、今日に限らず最近誰かに抱きつかれたり抱きついたりすることが多い気がする。気のせいだろうか？

そんなしょうもないことを考えて、俺は理性を保とうとする。シルの柔らかい体が俺の理性をガリガリと削っていくのだ。

皇城で目覚めた時はそれどころではなかったが、様々な問題が解決した今、俺は悩める男子と化していた。

『相変わらずラブラブね。愛し子の話をし忘れちゃって怒られるかと思ったけれど、シルのおかげで大丈夫そうだわ』

『甘ったるくて砂糖を吐きそうよの』

この光景を久々に見たルミエとマレフィが感想を零す。テッラとヴィエントとアリファーンは慣れた様子で無表情を貫いていた。

って、ルミエ、君には後でしっかり説明してもらうからね!?

内心で叫んでいると、シルが胸元にすり寄ってくる。

「ふふっ、これでまたアルくんの役に立てるわ」

「シルはいつも俺の役に立ってくれてるよ。いてくれるだけで幸せな気分になる」

「んんん～～～～！！」

シルが顔を真っ赤にして言葉にならない声を上げる。俺はその様子に自然と笑みが浮かぶ。

季節外れの花が咲き乱れる庭園。

そこで俺たちは、永遠に続いてほしい、そう思える幸せを味わったのだった。

第十一話　最悪の始まり

一ヶ月後。

「これにて、シルヴェスタ・フィル・リルベルトとリエル・フィル・ジェラルドとの婚約が結ばれた！」

王城の大広間にて、義姉上とシルヴェスタ殿下の婚約式が開かれていた。鳴り響く拍手が二人の婚約を祝福している。

淡いピンク色の、豪華でありながら可愛らしさと清楚《せいそ》さを醸《かも》し出すドレスを着た義姉上は、青の正装を着たシルヴェスタ殿下にぴったりと寄り添っていた。

「リエル嬢、とっても綺麗ね」

俺の隣にいるシルがそっと呟いた。俺は幸せそうな義姉上の姿に胸がいっぱいで、頷くことしかできない。

国王陛下の前で腕を組み微笑み合う二人は、誰もが認める美男美女。

そんな二人が仲睦《なかむつ》まじく笑みを交わしている姿に、会場にいる年頃の貴族の子女たちはうっとりと見惚れていたり、悔しそうに涙を浮かべていたりした。二人を狙っていた人は数多くいたからだ。

そんな中、俺はシルとともに最前列にいた。父上は大臣の列に並び、母上はライト兄上と一緒にこの会場のどこかにいるはずだ。

義姉上の名前がジェラルドになっているのは、婚約前に元の姓に戻しておいた方が良いという父上の計らいである。

俺からしたら義姉上がさらに遠い存在になったような気がして、複雑だったが。

国王陛下が湧き立つ会場を見回して、コホンと一つ咳払いした。あっという間に大広間は静まり返る。

「皆、今日は我が息子とリエル嬢の婚約式に参列してくれて感謝する。この場を借りて、先日あった反乱について話したいと思う」

陛下は帝国で起こった反乱から王国での反乱までを、そこで活躍した者の名前を挙げながら簡潔に説明していった。これ以上の混乱を避けるために、外神については省かれた。

それでも、陛下の話は多くの人々に混乱と恐怖をもたらした。

非現実的だった「反乱」というものが、思ったより自分たちの近くに潜んでいたことに気付かされた貴族たちは、誰が味方で誰が敵かわからない状況に震え上がる。

その様子を見て、陛下が「だが」と声を張り上げる。

「私たちは同じ人間であり、一人では生きていけない。そなたらが疑心暗鬼になる気持ちもわかる。

しかし今こそ団結する時ではないだろうか？」

しんとした会場に陛下の声が響く。

「自分たちが生まれ育った故郷を、子孫を守りたいとは思わないか？　より輝かしい未来を、幸せを掴みたいとは思わないか？」

陛下の言葉に会場がざわめき出す。

「守りたい……」

「子供たちが幸せでいてくれるなら……」

「今よりも素晴らしい未来……」

徐々に熱を帯びる群衆に向かい、陛下がさらに声を張り上げる。

「そうだ！　故郷を、子供たちを守りたいだろう⁉　そのためには私たちは団結するしかない！　隣人を恐れるのではなく、信じ協力し合うことでより豊かな国を、より幸せな未来を、皆で作っていこうではないか！」

「「「「わぁぁぁぁぁぁああ！！！」」」」

大きく上がる歓声。一瞬前までの混乱は消え去り、会場中が陛下の言葉に呑まれていた。

陛下が殿下と義姉上の肩に手を置く。

「この二人が将来、この国を引っ張っていくことになる。そして、私に代わりより良い国を築いていってくれるはずだ。まだ年若い二人だが、きっとやり遂げると私は信じている。皆の者も二人のことを支えてやってほしい」

「「「「はっ！」」」」

参列者たちが一斉に礼をとる。俺とシルもそれに倣《なら》った。

陛下が義姉上と殿下に向かって微笑む。

「二人とも、頼んだよ」

「「はい！」」

義姉上とシルヴェスタ殿下の顔は決意に満ちている。

まだ婚約という段階でありながら、二人はすでに将来を見据えているようだった。


その後、大広間には音楽が鳴り響き、パーティーが始まった。

誰もが会話やダンスを楽しみ、笑みを浮かべている。

その中で、俺は義姉上にお祝いの言葉を伝えていた。

「義姉上、ご婚約おめでとうございます！」

「アルくん、ありがとう」

近くで見る義姉上は遠くで見ていた時よりもずっと輝いていて、今まで見たどの義姉上よりも幸せそうだった。

だが、隣にいるはずの人がいないことに俺は首を傾げる。

「シルヴェスタ殿下はどうされたのです？」

「殿下はつかまっちゃってるわ。ほらあそこ」

義姉上の目線を追いかけると、貴族に囲まれている殿下の姿があった。その表情は明らかに義務的な笑顔で、俺は彼が疲れていることを察する。

「……第一王子という身分は本当に忙しそうですね」

「アルくんも陞爵したら同じようなことになると思うわよ。それよりもシルティスク殿下は一緒じゃないのかしら？」

「シルならあそこに」

シルは女の子たちに囲まれていた。学園で生徒会長をやっていて、魔法も勉学も優秀な彼女は同年代の男女を虜《とりこ》にする存在。

俺がいるから男子はほとんど近づかないが、女の子たちはここぞとばかりにシルを囲んでお近づきになろうと頑張っている。シルも同年代の女の子と話すことができて嬉しそうだったため、俺は輪からそっと抜け出して一人で義姉上のところに来たのだった。

「……シルティスク殿下も大変ね」

義姉上が苦笑する。

久々に姉弟二人だけになって、俺は少し戸惑っていた。以前までは普通に話せたはずなのに、なぜか思うように言葉が出ない。

それは、義姉上も同じだったらしい。その場が沈黙に包まれた。

パーティーの音がどこか遠くから聞こえてくるような感覚に陥る。まるでここには二人だけしかいないみたいな錯覚に、俺は内心でため息を吐いた。

何を考えているのだろうか、俺は。相手はずっと姉弟として育った相手。そもそも従姉なのだから姓が違うのは当たり前だし、婚約だって予想できていたことだった。

それなのになぜ寂しいと、戻ってきてほしいと、そう思っているのだろうか。

やがて、義姉上が先に口を開いた。

「しばらく、会えなくなっちゃうかもね」

「え？」

思いがけない義姉上の言葉に、俺は間の抜けた声を漏らす。義姉上は悲しそうに微笑んだ。

「だって、これからは領主教育と妃教育で忙しいし、アルくんも学園があるでしょう？　一緒に住んでいたところであまり会えなくなると思うわ」

「……寂しいですけど仕方ないですね」

俺は無理やり笑みを浮かべた。

わかっていたことだが、義姉上の口から言われるとより寂しさが募る。

「大変だと思うけど頑張ってくださいね」

そう口にした途端、ズキンと胸に痛みが走った。そっと胸を押さえる。

この気持ちはなんだろう？

わからないし、わかってはいけない気がした。

そんな俺をよそに義姉上が頷く。

「ええ。アルくんもね」

「もちろんです！」

胸の痛みを無視して、笑顔を意識する。つられるようにして義姉上も笑った。

その時だった。

ガタン！

正面の扉が大きな音を立てて開かれる。その音に広間は静まり返った。

扉のところにはどこからかの使者らしき男がおり、その場にさっと跪《ひざまず》く。

「陛下！　至急のご報告がございます！」

使者らしき男の言葉に、一人の太った男が叫ぶ。

「無礼な！　殿下の婚約パーティー中というのがわからぬか！　そんな報告は後で……」

「いや、構わない。それだけ切羽詰まっているということだろう」

「殿下!?」

シルヴェスタ殿下が人波の中から現れ、使者らしき男の方へ向かっていく。その表情は険しい。

「緊急事態なのだろう？　申してみよ」

「はっ！　先ほど、西部にて旧ハーレス公爵領を中心に大規模な地震が発生！　死者多数、救援を要請したい所存でございます！」

「なんだと⁉」

殿下が大声を上げた。その後方、玉座に座っていた陛下も顔を険しくした。

だが、良くない出来事は立て続けに起こる。

「ん？　なんか地面が揺れてないか？」

「え、あ、本当だ。ま、まさか……⁉」

大広間がざわめく。徐々に大きくなる揺れに、その場にいる人々の顔に動揺が浮かぶ。

俺は思わず叫んでいた。

「全員頭を守って床に伏せて！」

その言葉と同時に、縦に横にと大きく揺れ始める床。

ガシャーン！　パリン！

「「「「キャー！！！」」」」

テーブルが倒れ、上に置かれていた食器類が割れて床に散乱する。至るところから悲鳴が上がった。

『ルミエ、マレフィ、ヴィエント、テッラ、ここにいる人たちを守って！　アリファーンは何が原因でこの地震が起こったか調べてきてくれ！』

精霊に指示を出し、俺は周りを見回す。

唐突な地震。しかも西部でも起こったという。もしかしたら他の地域でも……

「な、何が起こっているんだ……!?」

思わず声を上げる。

何もわからないが、一つだけわかることがある。それは、これがただの自然災害ではないということ。そして、俺の中では結論が出かかっていた。

これは外神の仕業であると。

外神を倒す前にも王国各地で自然災害が頻発していたという。それなら、この地震が外神の仕業でもなんらおかしくはない。

俺は唇を噛む。

「どうしたらいいんだ……」


この日、王国では数万人の死者が出た。怪我人まで数えれば数十万人に被害が及んだ。

しかも、悲劇はこれだけで終わらなかった。


——海が、枯れたのである。

平和を取り戻したかに思えた世界に、最大の試練が立ちはだかろうとしていた。

番外編　精霊たちの集《つど》い

『ねぇねぇ、みんなはお兄さんのことどう思ってるのー？』

夜、アルラインが眠った後、マーク侯爵邸の庭には五つの影が集まっていた。

それらは普通の人には見えず、声も聞こえないため、すぐ傍にある回廊を巡回していたメイドは、特に気付くこともなく通り過ぎていく。

最初に声を発した影――風の上級精霊ヴィエントの言葉に、正面にいた影――火の上級精霊アリファーンが胸を張って答える。

『ご主人様は世界一強くてかっこいい存在だから尊敬してるぜ！』

『アリファーンは相変わらずアルラインのことが大好きじゃな』

土の上級精霊テッラが苦笑する。アリファーンの妄信といっても良いレベルのアルライン大好き思考は精霊たちも当然知っているのだ。

『そういうテッラはご主人様のことどう思ってるんだよ？』

『我はまだまだケツの青いガキだと思っとる』

腕を組みふむふむと頷きながら言うテッラに、全員がジト目を向ける。

『契約して力が強くなった奴の言うことじゃないと思うけどなぁ』

『それは、お主が土の精霊だけアルラインと契約しないんだなどと変なことを抜かすからじゃ！』

『本当のことを言っただけだよ』

『ま、まあまあ、二人とも落ち着いてちょうだい、ね？』

言い合いをするヴィエントとテッラを見て、ルミエが仲裁に入る。

最初に精霊神ムママトがアルラインを任せるために遣わしたほど信頼の厚い彼女は、自由気ままな精霊たちの中でひと際大人びていた。

『まあ、土の精霊が言っていることも的外れではないと思うがの。アルラインはまだまだひよっこよ。異常な力を持ってはいるが』

『マレフィは素直になりなさい。知ってるわよ、あなたがアルのことをすごく気に入っているって』

『そ、そんなことな、ないぞ!?　ルミエ、いい加減なことを言うんじゃない！』

あたふたと慌てるマレフィの姿を見て、ルミエが笑い声を漏らす。

ルミエとマレフィは相反する属性のため性格も何もかも正反対だが、それでも長く一緒にいるうちに意外に仲良くなっていた。

それを誰かが言ったところで二人とも認めないだろうが。

笑っていたルミエが今度はヴィエントの方を向く。

『そういえばこの話を始めたヴィエントはアルのことをどう思っているの？』

『僕？　うーん、強くて女たらしで人外？』

『……否定したかったけれどできなかったわ』

ヴィエントのなかなか酷な評価を聞き、ルミエが苦笑する。

『ふむ、正しいな』

『確かに正しすぎじゃな』

マレフィとテッラがヴィエントの言葉に、にやにや笑いながら頷いた。

『確かにご主人様は女たらしだぜ。しかも王女様と姉貴の二人からあれだけ好意を寄せられてあの態度は強すぎるぜ……』

全員がうんうんと賛同した。

精霊全員がシルティスクだけでなく、リエルのアルラインに対する好意に気付いていた。

だからこそ、ヴィエントの「女たらし」という評価にはみんな頷かざるを得ないのである。

そして、人外は言うまでもない。

つまり、精霊の総意としてアルラインは「人外・女たらし」なのである。

そんな精霊たちに近寄っていく一つの影があった。

『私抜きで楽しそうな話をしてるわね』

『『『『わっ⁉』』』』

急に響いた第六の声に五人は驚いた。皆一様に、ぎぎぎ、と音がしそうな動作で振り向く様はまるで精霊らしくない。

果たしてそこにいたのは――

『って、アクアじゃない！　もうっ、驚かさないでちょうだい』

『そんなに驚かすつもりはなかったのだけれど……五人だけで面白そうな話をしているから嫉妬しちゃったのよ』

うふふ、と笑うのは水の上級精霊アクア。帝国にいるはずのアクアが突如現れたので、五人とも驚きを隠せない。

ルミエが口を開く。

『そもそもなぜあなたがここにいるのかしら？　帝国はいいの？』

『大丈夫よ。ちょっとアルの様子を見たくて夜のうちに来ちゃっただけだから』

どうやら帝国から急いで来たらしい。どこにでもすぐに移動できてしまう精霊の特性をいらないところで使っている。

『あなたね……』

『いいじゃない、私だってアルに会いたいんだもの』

呆れたように言うルミエに、アクアが口を尖らせる。その様子を見てマレフィが顔をしかめた。

『二人とものくらいにするのだ。うかうかしていると日が昇るぞ』

『アルが起きちゃうわね』

『あ、ごめんなさい』

マレフィの言葉を聞いて、アクアとルミエが少しずつ白み始めた空に気付く。アルラインが起き出す時間になろうとしていた。

こうやって夜な夜な精霊だけで集まっているのはアルラインには内緒である。

なぜか、と言われても特に理由はない。

精霊は気ままな存在。睡眠に入るのは契約者の生が終わり、契約を消滅させた時だけ。

人の子と違って眠る必要がなく、限りなく長い生を歩む精霊は、気が付けば自由気ままな存在になる。いや、ならざるを得ないのである。

アクアが片手を顔に当てて、悩むそぶりを見せる。

『話の途中だったわね。私はアルのことは、そうね……困っている人を見捨てられない、人と精霊、分け隔てなく接してくれる優しい子だと思っているわ。恩人でもあるわね』

『そう、そうよね、アクア！　アルは優しい子なのよ！』

アクアの言葉にルミエが顔を輝かせた。

アクアにとってアルラインは、帝国を救ってくれた存在であり、自分に魔力を分け与え、力を取り戻してくれた恩人である。そんな彼に対して好感を持たないわけがなかった。

ヴィエントがつまらなそうにふーんと言う。

『アクアならもっと色々言うかと思ったのに……』

『ヴィエント？　それはどういう意味かしら？』

『ひぃっ!?』

アクアの背後にゴォォオと燃え盛る青い炎を幻視して、ヴィエントがテッラの真後ろに隠れる。

『あ、あれ、アクアって水の精霊じゃ……』

『お主が変なこと言うからじゃ』

ぶっきらぼうに告げてアクアの方にヴィエントを押し出すテッラ。そんなヴィエントに向かってアクアが大量の水をかける。

『うわっ!?　冷た!?』

『これでも浴びとけばいいのよ！』

アクアが頬を膨らませて、水を被ってずぶ濡れになったヴィエントを見る。

『まっ、すぐに乾くんだけど』

ヴィエントはにっこり笑うと、自分の周りに風を発生させて体を乾かした。

『これで元通りだね』

『……もっと怒られたい？』

『なんで!?』

唐突に始まるアクアとヴィエントの追いかけっこ。風で加速して逃げるヴィエントと水を自由自在に操って追撃するアクア。

二人の様子を見て、残りの四人はため息を吐いた。

『なんか、この感覚懐かしいわね……』

ルミエが遠い目で呟いた。その表情は穏やかだ。

『確かにじゃな。こうやって気兼ねなく精霊だけで集まったのは昔のことじゃな。風のと水のこんなじゃれ合いを見るのも久しぶりじゃ……』

『そういえば、昔からああだったな……妾は中級精霊だったから遠くから眺めているだけだったが、あの二人の言い争いはよく目にしたものよの』

『あの二人、昔からあんな感じなのか?』

テッラとマレフィの呟きにアリファーンが首を傾げた。

『あぁ、お主はまだ生まれていない時じゃの。外神を封印するより前のことじゃよ……』

生まれて間もないアリファーンのために、ぽつぽつとテッラは昔のことを話し始めた。

外神が現れる前はもっと平和で、精霊たちは自由気ままに存在していたんじゃ。わざわざ仲の良い精霊に会いに行くこともあった、今日の水のみたいに突然現れたものじゃよ。

その頃はお主らみたいに級が上がることもほとんどなかったから、限られた数しかいない上級精霊たちは皆顔見知りでな。よく集まって酒を酌《く》み交わしたものじゃ。光のはまだその頃は中級じゃったかな？　それでも先代の光の上級精霊とともに行動していたから我々上級精霊と仲が良かった。

水のと風のはあんな子供っぽいが原初の精霊でな。我や他の精霊たちよりずっと前から存在していたために我々よりずっと仲が良かった。

二人が揃うたびにああやってじゃれ合っていたものじゃ。その頃はもっと人の子がいない場所で集まって大胆に力を使い、時には自然を壊しすぎて精霊神様に怒られるほどじゃった。それでも、二人がやめることはなかったが……

そんなある日、外神が現れた。理を無視する存在。あやつの存在により我々は神に協力して戦うことになった。

その戦いで多くの存在が犠牲になった。特に下級精霊の多くは我々でも数えられないほどあやつに消滅させられたはずじゃ。

そのような状況で一人、光の上級精霊……ルミエの前に上級精霊だった一人が外神によって消滅した。精霊神様と仲が良く、我ら上級精霊の中でも姉のような存在だった彼女が殺されたことで、精霊の多くは失意に暮れ、精霊神様に至っては怒りで我を忘れてしまわれた。

その時に、その犠牲になった精霊の代わりに上級精霊になったのがルミエじゃな。

結局、神様が創った封印石で外神を封印するまで我らは戦い続けた。

だが、ようやく封印できた時には、我々はもう一度以前のように集まる気力をなくしていたのじゃ。仲間を失ったのが辛すぎたのじゃな。

結局、それ以来精霊たちが集結することはなかった。時の流れの中で闇のや火の、以前の上級精霊がすでに消滅した時も我々は遠くで悲しみを感じつつ、だが何か行動に出ることはなかった。

精霊は基本的に不滅の存在じゃ。外神のような理から外れた存在が介入したら別じゃが、そうでなければ、消滅したのは本人たちの意志。新たな精霊に自分の立場を引き継ぐという、な。だから他の精霊がその意思を覆すことはできない。つまりは動いても無駄だったのじゃ。

上級精霊は常に一つの属性に一人しかおらんからな。今の二人が上級精霊になれたのはアルラインの力と、タイミングの良さもあったはずじゃ。

こうして今、アルラインのおかげでまた集まることができた。メンバーは違えど、やっぱり懐かしいし、我としては嬉しくてしょうがないのじゃよ。

お主らからも前の精霊の面影を感じられて、こうしてあの頃の風化していた日々を想起させてくれるのじゃから、余計にの。

『このような、平和な日々が続くことを我は願っておる』

そう締めくくったテッラの言葉を、ルミエ、マレフィ、アリファーンの三人は黙って聞いていた。

その場にしんみりとした雰囲気が漂う。

『アルに感謝しないと、ね……』

『あやつがいなかったら妾たちはこうして集まることもなかっただろうしの』

『そもそも俺は上級精霊にすらなっていなかったはずだぜ！』

今更ながらアルラインという存在の大きさを感じて、三人は思わず言葉を漏らした。それぞれがアルラインとの思い出を振り返っていた。

『ふぅ、ほんと、ヴィエントがすばしっこくて嫌になっちゃう』

その時、息を荒くしながら、アクアが四人の傍に戻ってきた。

その後ろに続くヴィエントは上機嫌に笑いながらも、わざとらしく嘆息する。

『アクアがまだまだ子供で、ほんと嫌になっちゃうなぁ』

『まだ水をかけられたいわけ？』

『ごめんって！』

その様子を見て、ルミエが微笑む。

『ふふっ、ほんと、相変わらず仲良いわねぇ』

『『仲良くない！』』

ハモる二人に四人が声を立てて笑う。アクアとヴィエントはお互いを睨んだ。

ふと、アクアがルミエに視線を向ける。

『そういえば、ルミエはアルのことをどう思ってるのかしら？　まだ聞いていなかったわよね？』

『私は……』

唐突に話を向けられて言葉に詰まるルミエ。彼女が一番アルラインと一緒にいる時間が長いため、一言で言えるような感情ではなかったのだ。

ルミエに注目する他の五人。少しの沈黙がその場を支配する。そして——

『強くて優しいけどおっちょこちょいなところもあって、どうしても愛してしまう——愛さずにはいられない、主であり友達でもある人の子、かしら』

ぽつりぽつりと呟くように言ったルミエの言葉には、アルラインと長い時間を過ごす間に積み重なった思いが込められていた。

——愛さずにはいられない人の子。

その表現にルミエの気持ちを察してしまう五人。アクアが真剣な表情になる。

『ルミエ、人の子はいずれ死ぬわ。その時辛いのはあなたなのよ……？』

『ええ、わかっているわ。でも、自分の気持ちに嘘をつきたくないの。私は……』


——アルが好き。


その言葉は明るさと暗さを併《あわ》せ持ち、幸せな未来とその先の別れをも予感させる。

『大丈夫。彼が死ぬ時、私はこの気持ちに決着をつけるから』

『あんな無自覚、どこがいいんだか。でも……』

強がって笑うルミエに、マレフィが珍しく笑みを見せる。

『妾はお主を応援してやろう』

『ほんと⁉ ありがとう、マレフィ！』

ルミエが輝くような笑顔をマレフィに向ける。

そんな二人を見て、アクア、テッラ、ヴィエント、アリファーンも嬉しそうな表情を浮かべた。

『よかったね』

『はぁ、せめて後悔のないようにするんじゃぞ』

『ご主人様ならきっとルミエを幸せにしてくれるはずだぜ！』

精霊が愛する人を見つけることはほとんどない。だからこそ、人の子であろうと、愛する人を見つけられたルミエは幸せ者というのが精霊たちの共通認識だった。

ルミエが頬を赤らめる。

『ありがとう、みんな。少しの間、見守っていてね』

朝日が輝く中、六人の精霊たちは束の間《つかのま》の平和を満喫したのだった。

超自由度を誇る新型VRMMO「ワンモア・フリーライフ・オンライン」の世界にログインした、フツーのゲーム好き会社員・田《た》中《なか》大《だい》地《ち》。モンスター退治に全力で挑むもよし、気ままに冒険するもよしのその世界で彼が選んだのは、使えないと評判のスキルを究める地味プレイだった!
——冴えないおっさん、VRMMOファンタジーで今日も我が道を行く!

1～27巻 好評発売中!

各定価:1320円(10%税込) illustration:ヤマーダ

漫　画:六堂秀哉 B6判
各定価:748円(10%税込)

アルファポリスHPにて大好評連載中!

アルファポリス 漫画 検索

待望のコミカライズ！
1～10巻発売中！

魔王討伐を果たした魔法剣士カイル。自身も深手を負い、意識を失う寸前だったが、祭壇に祀られた真紅の宝石を手にとった瞬間、光に包まれる。やがて目覚めると、そこは一年前に滅んだはずの故郷だった。

漫画：三浦純
各定価：748円（10％税込）

各定価：1320円（10％税込）
illustration：布施龍太
1～10巻好評発売中!

アルファポリスHPにて大好評連載中!

アルファポリス 漫画　検索

月が導く異世界道中
Tsukiga Michibiku Isekai Dochu
あずみ圭
Azumi Kei
1~17
8.5
シリーズ累計270万部突破の超人気作!(電子含む)
TVアニメ第2期制作決定!!
異世界へと召喚された平凡な高校生、深澄真。彼は女神に「顔が不細工」と罵られ、問答無用で最果ての荒野に飛ばされてしまう。人の温もりを求めて彷徨う真だが、仲間になった美女達は、元竜と元蜘蛛!? とことん不運、されどチートな真の異世界珍道中が始まった!
薄幸系男子の成り上がりファンタジー、開幕!
なんでだろう親の都合で異世界へ
読者賞受賞作!
待望の書籍化!
2期までに
原作シリーズもチェック!
●各定価:1320円(10%税込)
●illustration:マツモトミツアキ
1~17巻好評発売中!!
とことん不運、されどチート!!
漫画:木野コトラ
●各定価:748円(10%税込) ●B6判
コミックス1~10巻好評発売中!!

サラリーマンの福菅健吾《ふくすけんご》――ケンゴは、高校生達とともに異世界転移した後、スキルが『言語理解』しかないことを理由に誰一人帰ってこない『奈落』に追放されてしまう。そんな彼だったが、転移先の部屋で天井に刻まれた未知の文字を読み解くと――古より眠っていた巨大な船を手に入れることに成功する！　そしてケンゴは船に搭載された超技術を駆使して、自由で豪快な異世界旅を始める。

◉定価：1320円（10％税込）　ISBN 978-4-434-31744-6　◉illustration：片瀬ぽの

部屋で眠りについたのに、見知らぬ森の中で目覚めたレン。しかも中学生だったはずの体は、二歳児のものになっていた!　白い虎の魔獣――スノーラに拾われた彼は、たまたま助けた青い小鳥と一緒に、三人で森で暮らし始める。レンは森のもふもふ魔獣達ともお友達になって、森での生活を満喫していた。そんなある日、スノーラの提案で、三人はとある街の領主家へ引っ越すことになる。初めて街に足を踏み入れたレンを待っていたのは……異世界らしさ満載の光景だった!?

◉定価:1320円(10%税込)　ISBN 978-4-434-31644-9　◉illustration:中林ずん

著 水都 蓮
Minato Ren
トカゲ（本当は神竜）を召喚した聖獣使い、竜の背中で開拓ライフ
～無能と言われ追放されたので、空の上に建国します～
祖国を追い出された聖獣使い、
巨竜の背で自由に生きる!!
竜大陸から送る、
爽快天空ファンタジー！
聖獣を召喚するはずの儀式でちっちゃなトカゲを喚び出してしまった青年、レヴィン。激怒した王様に国を追放された彼がトカゲに導かれ出会ったのは、大陸を背負う超でっかい竜だった!? どうやらこのトカゲの正体は真っ白な神竜で、竜の背の大陸は彼女の祖国らしい。レヴィンは神竜の頼みですっかり荒れ果てた竜大陸を開拓し、神竜族の都を復興させることに。未知の魔導具で夢のマイホームを建てたり、キュートな聖獣たちに癒されたり――地上と空を自由に駆け、レヴィンの爽快天上ライフが始まる!
◎定価：1320円（10％税込）　◎ISBN978-4-434-31749-1　◎Illustration：saraki
アルファポリス第2回次世代ファンタジーカップ「心燃えるアツい展開賞」受賞！ アルファポリス

勘当貴族なオレのクズギフトが強すぎる！

X《バツ》ランクだと思ってたギフトは、オレだけ使える無敵の能力でした

赤白玉ゆずる
Yuzuru Akashiratama

役立たずとして貴族家を勘当されたので

自由にさせてもらいます！

クズギフト《スマホ》を使って お金を無限コピーしたり 他人のスキルをゲットしたりして 異世界を楽しもう!!

貴族の養子である青年リュークは、神様からギフトを授かる一生に一度の儀式で、「スマホ」というX（エックス）ランクのアイテムを授かる。しかし養父から「それはどうしようもなくダメという意味の『X（バツ）ランク』だ」と言われ、役立たず扱いされた上に勘当されてしまう。だが実はこのスマホ、鑑定、能力コピー、素材複製、装備合成などなど、あらゆることが可能な「エクストラ」ランクの最強ギフトだった……!!　Xランクギフトを活かして異世界を自由気ままに冒険する、成り上がりファンタジー、開幕!

●定価：1320円（10%税込）●ISBN：978-4-434-31643-2 ●Illustration：蓮禾

俺はとある王国の第三王子、アルス。前世は草臥れたサラリーマンで、過労死した後に異世界転生を果たした。この世界では神様が人々に天職を授けると言われており、王族ともなれば【軍神】【剣聖】とエリートな天職を得るのが常だ。しかし、俺が授かったのは、なんと【牧場主】。父親に失望された俺は、辺境に追放されるのだった。一見お先真っ暗のようだが、のんびり暮らしたかった俺にとってはむしろ好機。新しく使えるようになった牧場魔法は意外に便利だし、ワケありクセありな奴ばかりだけど、領民（労働力）も増えていくし……あれ？　もしかして念願のスローライフ、始まっちゃった？

◉定価：1320円（10％税込）◉ISBN：978-4-434-31746-0 ◉Illustration：ごろー＊

王宮の首席魔術師ドーマは理不尽な上司に頭突きをかまして左遷された。これで気楽な研究生活が送れると、ウキウキしながら辺境の地に越したドーマ。幽霊屋敷と呼ばれる曰くつきのお屋敷に集まった新たな仲間は天然な最強剣士や家精霊《ボガート》、白虎……それにキノコ!? 彼は一癖も二癖もあるメンバーと賑やかで楽しい家を作る。しかし、そこに優秀なドーマを僻む怪しげな魔術師が忍び寄り――変わり者魔術師と愉快な仲間達のドタバタなセカンドライフ、開幕！

◉定価：1320円（10%税込）　◉ISBN978-4-434-31645-6　◉Illustration：はらけんし

高校生と一緒に召喚されたのは

超世話焼きな

元勇者のおっさんだった!!

うだつの上がらないサラリーマン、高柳 陸。かつて異世界を冒険したという過去を持つ彼は、今では普通の会社員として生活していた。ところが、ある日、目の前を歩いていた、3人組の高校生が異世界に召喚されるのに巻き込まれ、再び異世界へ行くことになる。突然のことに困惑する陸だったが、彼以上に戸惑う高校生たちを勇気づけ、異世界で生きる術を伝えていく。一方、高校生たちを召喚したお姫様は、口では「魔王を倒して欲しい」と懇願していたが、別の目的のために暗躍していた……。しがないおっさんの二度目の冒険が、今始まる——!!

●定価:1320円(10%税込)　●ISBN:978-4-434-31649-4　●Illustration:岡谷

俺――ユート・ドライグは途方に暮れていた。上級冒険者ギルド『黒の雷霆』で雑用係をしていたのに、任務失敗の責任をなすりつけられ、まさかの解雇。しかも雑魚魔獣イワトカゲの卵が手切れ金代わりだって言うんだからやってられない……そんなやさぐれモードな俺をよそに卵は無事に孵化。赤くて翼があって火を吐く健康なイワトカゲが誕生――いや、これトカゲじゃないぞ!? ドラゴンだ!
「ロック」と名付けたそのドラゴンは、人懐っこくて怪力で食いしん坊! 最強で最高な相棒と一緒に、俺は夢見ていた冒険者人生を走り出す――!

◆定価:1320円(10%税込)　◆ISBN:978-4-434-31646-3　◆Illustration:有村

アルファポリスで作家生活！

新機能「投稿インセンティブ」で報酬をゲット！

「投稿インセンティブ」とは、あなたのオリジナル小説・漫画をアルファポリスに投稿して報酬を得られる制度です。投稿作品の人気度などに応じて得られる「スコア」が一定以上貯まれば、インセンティブ＝報酬（各種商品ギフトコードや現金）がゲットできます！

さらに、人気が出ればアルファポリスで出版デビューも！

あなたがエントリーした投稿作品や登録作品の人気が集まれば、出版デビューのチャンスも！　毎月開催されるWebコンテンツ大賞に応募したり、一定ポイントを集めて出版申請したりなど、さまざまな企画を利用して、是非書籍化にチャレンジしてください！

まずはアクセス！　アルファポリス　検索

アルファポリスからデビューした作家たち

ファンタジー

柳内たくみ
『ゲート』シリーズ

如月ゆすら
『リセット』シリーズ

恋愛

井上美珠
『君が好きだから』

ホラー・ミステリー

椙本孝思
『THE CHAT』『THE QUIZ』

一般文芸

秋川滝美
『居酒屋ぼったくり』シリーズ

市川拓司
『Separation』
『VOICE』

児童書

川口雅幸
『虹色ほたる』
『からくり夢時計』

ビジネス

大來尚順
『端楽（はたらく）』

この作品に対する皆様のご意見・ご感想をお待ちしております。

おハガキ・お手紙は以下の宛先にお送りください。

【宛先】

〒150-6008 東京都渋谷区恵比寿 4-20-3 恵比寿ガーデンプレイスタワー 8F
(株) アルファポリス　書籍感想係

メールフォームでのご意見・ご感想は右のＱＲコードから、
あるいは以下のワードで検索をかけてください。

アルファポリス　書籍の感想　検索

ご感想はこちらから

本書は Web サイト「アルファポリス」(https://www.alphapolis.co.jp/) に投稿されたものを、改題・改稿、加筆のうえ、書籍化したものです。

貴《き》族《ぞく》家《け》三男《さんなん》の成《な》り上《あ》がりライフ3

生《う》まれてすぐに人外認定《じんがいにんてい》された少年《しょうねん》は異世界《いせかい》を満喫《まんきつ》する

美原風香(みはらふうか)

2023年 3月31日初版発行

編集ー今井太一
編集長ー太田鉄平
発行者ー梶本雄介
発行所ー株式会社アルファポリス
〒150-6008 東京都渋谷区恵比寿4-20-3 恵比寿ガーデンプレイスタワー8F
TEL 03-6277-1601 (営業)　03-6277-1602 (編集)
URL https://www.alphapolis.co.jp/
発売元ー株式会社星雲社(共同出版社・流通責任出版社)
〒112-0005東京都文京区水道1-3-30
TEL 03-3868-3275
装丁・本文イラストーはま
装丁デザインーAFTERGLOW
印刷ー図書印刷株式会社

価格はカバーに表示されてあります。
落丁乱丁の場合はアルファポリスまでご連絡ください。
送料は小社負担でお取り替えします。
©Fuka Mihara 2023.Printed in Japan
ISBN978-4-434-31753-8 C0093